My Honey Blue Light Series

まいはにノベル

ヒロインになるまでは

いぬじゅん

扶桑社文庫
か14-7

プロローグ

私は私が好きじゃない。
好きじゃないけど、嫌いでもない。
家では普通に話せるのに、学校だと自分から話をする人は限られている。
もちろん、話しかけられたら答えるし、笑顔を浮かべたりもする。
それでいいと思っていた。
透明人間のように、現れたり消えたり。
そんな存在でいるほうが気楽だから。

だけど、あの日、なにもかもが変わってしまった。
世界がぐるりと回転したように、信じられないようなことが起きた。

冬がくれた奇跡を、私はずっと忘れない。

目次

Contents

第1章

透明人間の恋

おとぎ話に出てくるお姫様になりたかった。

つややかな長い髪と愛らしいメイク、華やかなドレスに身を包んで歩けば、誰もがその美しさにふり返る。

感嘆のため息、あこがれと称賛の声が波のように押し寄せる。嫉妬《しっと》の視線さえ、お姫様がニッコリとほほ笑めば一瞬でとけてしまう。

人々は歌い、白いハトの群れが青空を舞い祝福する。

真っ赤なカーペットの先で待つのは、心から愛してくれる王子様。

差し出された手を握れば、永遠にふたりは結ばれる。

そんなお姫様になりたかった。

だけど、ある日私は気づいてしまった。

——どんなに願ったとしても、お姫様にはなれないんだって。


「えっ⁉」

杉崎由衣《すぎさきゆい》の声に、空想の世界から現実へ戻された。脳裏に浮かんでいた王子様とのラストシーンは、教室のざわめきに消えてしまう。

高校二年生もあと少しで終わりという二月。暖房のせいで頬だけ熱くて、足元はひんやりしている。そんな昼休み。

「なんで愛優《あゆ》はお姫様になれないの？」

「ちょ、声が大きいって」

慌てる私に、由衣は「ごめん」と体をすぼめた。

由衣の右手には焼きそばパン、左手にはブリックパックのフルーツオレ、手元にはカスタードプリンがスタンバイしている。

由衣は、これまでのセミロングをやめ、丸みを帯びたボブに変えた。出来あがりに満足していない由衣は、美容師への文句を毎日のように言っている。

私はずっと同じ髪型。肩までの髪をうしろでひとつに結んでいるだけ。

「どうしてお姫様になれない、って思ったの？」

声を潜め、同じ質問をする由衣。そっと周りの様子を確認する。

大丈夫、誰も私たちを見ていない。

さっき、『お姫様みたいなドレスを着てみたいんだよね』と、由衣がスマホの画像を見せてくれた。そこには華やかなドレス姿のモデルが映っていて、つい『昔、お姫様になりたかった』という話をしてしまった。

このクラスで自分から話せる女子は由衣しかいない。さっきの話の続きをしてもいいけれど、これ以上話すとネガティブな子と思われてしまいそう。

「それにしても、あいかわらずの食欲だね」

昼ごはん以外にも授業の合間にお菓子を食べるのが由衣の日課。それなのに、スリムな体型を維持しているなんてうらやましすぎる。

「食べてストレスを発散するタイプなの。そんなことより、質問の答えは？」

話題を変える試みは失敗したらしい。パンを手にしたままじっと見つめる由衣から視線を逃がす。

このクラスは小さな海。いくつかの島によって構成されている。

行き来する島もあれば素通りする島も。私のいる島はいちばん小さくて、住人は由衣だけ。訪れる人はほとんどいないけれど、挨拶《あいさつ》をされたらにこやかに返事はしている。

「つまんない話だよ」

クラスで目立ちたくないし、こんな話を聞かれたらバカにされるに決まっている。それも直接にではなく、陰でヒソヒソと。

「シンデレラに白雪姫や眠り姫、おとぎ話に出てくるほとんどのお姫様にはハッピーエンドが待ってるでしょ」

「そうだったっけ？」

「舞踏会に出るだけ、毒リンゴを食べるだけ、永い眠りにつくだけで、運命の人が迎えにきてくれるんだもん」

絵本の最後のページはいつも、幸せそうな恋人同士のイラストで終わる。

「でもさ、かぐや姫は違わない？」

鋭いところを突いてくる由衣に、「まあ」と答えた。

「かぐや姫は月に帰っちゃうけど、途中でたくさんの人から求婚されるし。それに月に帰る決断をしたのは本人だから、かぐや姫にとってはハッピーエンドなんだよ」

少し強引な結論だと自分でも思うけれど、由衣は感心したようにうなずいてくれた。

『人魚姫』の例を出されたらピンチになるところだった。人魚姫だけは長い片想いの末、王子様の幸せを願いながら海の泡になってしまうから。

「なんとなく言ってることはわかった。それで？」

小声で由衣は先を促してくる。

「ずっとお姫様になりたかった。だって、女の子はお姫様に憧れるものでしょう？」

「ああ、なんとなくわかる」

「絵本を読むたびに自分を重ね合わせて、いつか王子様が迎えに来てくれるって信じてた。でもある日、気づいたの。お姫様ってみんな、顔も性格も完璧だって。そのふたつが揃っているからこそ、愛する人と幸せになれた。そうじゃない私は、どんなにあこがれてもお姫様にはなれないんだよ」

自分で気づいたわけじゃない。幼稚園のとき、男子にからかわれたことがきっかけで強引に気づかされた感じ。

『愛優ちゃんはお姫様になれないんだよ』

先生の注意を無視してほかの男子も言った。

『だってお姫様はみんなキレイだもん』

『愛優ちゃんは違うもんね』

無邪気な声が、私をおとぎ話の世界から強制的に追い出した。

「そんなことないよ」と、由衣は言う。

「愛優はかわいいし、私の何倍も明るいもん」

なぐさめてくれても、自分のレベルくらい自覚している。

身長も体重も平均くらい、顔も普通で髪はややくせ毛だし、昨夜はニキビをひとつ発見した。

由衣以外の女子には話しかけられないし、向こうからなにか言われたときには、必死に明るくふるまってやり過ごしている。

無理しているのが伝わるのだろう、哀れむような目を向けてきたり、自分の島に戻りクスクス笑っているのを何度も見た。そのたびに机に視線を落とし、鉛《なまり》のように重い気持ちを抱えている。

そんな私がお姫様にあこがれたのが間違いだったんだ。

もしもおとぎ話に登場できるとしても、もらえる役は名前のないエキストラくらいのもの。

そのことに気づいてからは、なるべく目立たないように過ごしてきた。

由衣がいなかったら、ひとりぼっちになっていただろう。とはいえ、由衣とはLINEをし合うほどの仲じゃないし、休みの日に遊んだこともない。

学年にひとクラスしかない『総合学科』なので、クラス替えがないまま二年生ももうすぐ終わろうとしている。

教室のなかでの私は、まるで透明人間のよう。誰からも見えず、触れられることもない。たまに見つけてくれた人の前に姿を現し、当たり障《さわ》りのない会話をこなして、また消える。

それでいいと思った。エキストラはエキストラらしく、目立たないように学校生活を送りたい。

「え、マジで⁉」

教室のまんなかからにぎやかな声がした。

クラスで目立つグループの子たちが集まってお弁当を広げている。男子と女子が数人ずつ。俗に言う『一軍』と呼ばれる子たちだ。

その中心でひときわまぶしいオーラを放っているのは、青井瑠奈《あおいるな》。

教室の照明でも栗色の髪がキラキラと光り、笑うたびに艶《つや》が揺れている。スクールメイクもバッチリで、大きな瞳に吸いこまれそうになる。

明るくてやさしくておもしろくて、成績だっていいし、体育は苦手だけどそれなりに結果を残している。わけへだてなくいろんな子に話しかけ、私なんかにもたまに話題をふってくれる。

光に吸い寄せられる虫みたいに、気づけば瑠奈のことばかり目で追ってしまう。彼女が笑えば私の口角も無意識にあがり、真剣な顔で授業を受けている横顔でさえ美しいと感じる。

私の視線を追った由衣が、「もう」と呆れ声で言った。

「また青井さんのこと見てる」

「だって今日もかわいいもん。瑠奈こそお姫様にふさわしいよね」

嫉妬の感情さえ生まれないくらい、瑠奈は完璧な存在。紺色のジャケットに白のカーディガン、青いチェック柄のスカートがこれほど似合う人はいない。

女子は彼女にあこがれ、男子は王子様になりたがる。そんな存在だ。

お姫様になれなかった私にとっても瑠奈は特別で、見ているだけであのキラキラした感情を思い出せた。大げさかもしれないけれど、なりたかった自分を見ることで救われたような気がしている。

「そうかな。私はそうは思わないけど」

由衣だけは例外で、瑠奈のことが苦手らしく、私が褒めるたびに否定してくる。

「そういえばさ」と由衣は集団に目を向けたまま言った。

「青井さんと潮見《しおみ》くん、つき合うかもしれないんだってね」

そのウワサが流れたのは冬休みが明けたころから。これまでも出ては消えをくり返してきた定番のウワサだったけれど、『街でふたりでいるのを見た』という口の軽い女子によりこの数日、再燃している。

潮見駿《しゅん》くんは、空いている机の上に腰をおろし、瑠奈たちとしゃべっている。

高身長に似合う陸上部で鍛えた体は、離れていても筋肉質なのがわかる。長い足を組む姿はまるでモデルのよう。校則がうるさくないこの高校で、真っ先に髪を茶髪にしたのも彼だ。

笑うと目が線になり、真顔では鋭さも感じる。

「愛優はどう思う？」

「……え?」

見惚《みと》れてしまっていたらしく、返事が遅れた。

「あのふたり、つき合うと思う?」

「わかんないけど、お似合いだよね。それこそおとぎ話に出てくる王子様とお姫様みたい」

由衣は「へぇ」と、感情のない声で答え、プリンのフタを取った。

「まあ、どうでもいいけどね」

つまんなそうな由衣から窓の外に視線を向ける。

「見て。青い空がきれいだよ」

「不思議だよね。夕焼けは街を赤く染めるのに、青空が――」

「『青空が街を青く染めないのはなんで?』、でしょ?」

先回りした由衣の表情がわずかに解けている。

「バレたか」

「同じ話ばっかり聞かされるもん。それは光の波長のせいだって何度も言ってるでしょ」

しょうがないなあ、とでも言いたそうにやっと由衣が笑ってくれたのでホッとした。

駿くんが瑠奈に顔を近づけてなにか話し、ふたりで大笑いしている。

瑠奈のようになりたい。ううん、瑠奈になりたい。お姫様になって、駿くんとあんなふうに笑い合いたい。

だって、私は駿くんのことが――。

「なあ」

急に声をかけられビクッと体が震えた。

隣の席で私を見ているのは、樋口颯太《ひぐちそうた》。午前の授業が終わったとたん机に突っ伏して寝ていたが、やっと起きたらしい。

「愛優、大丈夫か？」

「は？　また寝ぼけてんの？」

颯太はとろんとした目であたりを見回してから、私に視線を戻した。

「今、何時？」

「一時」

単語で答えると、

「げ。もうそんな時間かよ」

と、頭をガシガシかいている。

通学バッグを漁り、颯太はスティック型のチョコレートを取り出した。

寝てばかりの颯太の黒髪は常に寝ぐせがついている。昔は同じくらいの身長だったのに、いつの間にか抜かれ、今では窮屈そうに椅子に座っている。

あくびを連発しながら颯太は、モソモソとチョコレートを食べだした。

「昼ごはんそれだけで足りるの？」

「栄養たっぷりだから問題なし」

颯太とは小学生のときから一緒。しかもほとんど同じクラスで、家も近所という間柄。

どこのグループにもちょっとずつ顔を出し、誰からも慕われている颯太。

私との相性は昔からいいようで悪い。話をしていると楽しいけれど、最後はムッとしてしまう。

それは、颯太がなんでも正直に口にするから。よくいえば裏表がない性格で、悪くいえばデリカシーに欠けている。そのせいで何度イヤな思いをしてきたことか。

「俺はいいと思うけどな」

あくびの合間に颯太が言った。

「なにが？」

「お姫様になりたい、っていう夢のこと」

「は？　聞いてたの？」

ほら、こんなふうにムッとすることを言ってくる。ニヤリと笑って颯太は立ちあがった。

「勝手に聞こえてきただけ。ゲームと一緒で仮想世界ではなにをしようと自由だろ？　愛優もあきらめんなよ」

言うだけ言って駿くんのもとへ行ってしまった。

「ムカつく……」

駿くんとじゃれ合う颯太をにらみつけていると、それまで黙っていた由衣が「ふう」と胸に手を当てた。

「愛優ってすごいよね。樋口くんと普通にしゃべれるんだもん」

「ぜんぜんすごくないって。昔から知ってるだけだから」

あまり『ムカつく』とか言ってると、由衣に嫌われてしまうかもしれない。

この世界は残酷で、たったひと言でバズることもあれば、袋叩きにされることだってある。

だったら私はなるべく目立たないように、最低限の人間関係を維持して高校生活を送りたい。

けれど……と、瑠奈をさりげなく見る。

瑠奈が太陽なら私はそれが作る影のような存在。それでいいと思っているのに、ひとり比べてはため息ばかりついてしまう。

瑠奈は隣の一ノ瀬莉子《いちのせりこ》と話をしている。

おかしそうに笑う瑠奈の声は、好きな音楽のように軽やかに耳に届く。

あんなふうにみんなのまんなかで笑ってみたい気持ちもある。それなら、重い雲に覆われているような学校生活も楽しくなるのかな……。

ふいに瑠奈と視線が合った。リップが光る唇を三日月の形にして笑いかけてきたので、気づかなかったフリで目を逸《そ》らした。

「マジで⁉　そんな夢見たの？」

大きな声ではしゃぐ莉子に教室中の視線が集まる。

莉子は日ごろから瑠奈にあこがれていることを公言している女子のひとり。

瑠奈がすることはなんでも真似をする。髪型もメイクも、自分を名前で呼んでもらうルールも。

身長が瑠奈よりもひと回り小さいので、美人というよりかわいい系だ。

アニメ声のせいで、たまに中学生に間違われることもあるそうだ。先日は、へんな中年男につきまとわれた。ショップの店員に告白されたこともある。

ぜんぶ漏れ聞こえる会話で知ったことだけれど。

「青井さん、自分がかわいいって自覚してるよね」

由衣が毒を吐いた。由衣は私以外の人とはまったくしゃべらないのに、たまにこういうことを口にする。

「実際、すごくかわいいもんね」

「どうだろう。私にはわかんない」

興味なさそうに由衣はスマホをいじっている。

なんとなく見た、という感じで駿くんのほうへ目を向ける。

「メイクって、そんなに時間かかるのかよ」

男らしい話し方。茶髪の髪が風もないのに揺れたような気がした。

「そうだよ。スクールメイクって大変なんだよ。ね？」

莉子がかわいらしい声でパスを送ると、瑠奈は自分の頬を指さした。

「うちは校則がゆるいけど、メイクについてだけは厳しいでしょ？」

「男子も整髪料は言われるからなあ。基準がブレてんだよ」

「私の場合は、トーンアップ系の日焼け止めとか下地を駆使したり、バレない程度にコンシーラーを薄く塗ってる」

「専門用語ばっかだけど大変なのは伝わるわ」

瑠奈と駿くんが話すのを見るたびに、胸のあたりが少しざわつく。

ウワサが事実なら、間もなくふたりはつき合いだす。ううん、もう恋人同士なのかもしれない。

『なんでもないこと』と自分に言い聞かせる。

最初からあきらめているような恋だった。あきらめるしかない恋だった。

そもそも、ろくに駿くんと会話したことがないので、目や耳で知る情報しか持っていない。そんな私に奇跡なんて起きるはずがない。

「マジ勘弁。そんな時間があったら寝てるよな?」

駿くんが隣に立つ颯太に同意を求めた。

「俺だって女子に生まれ変わったら、がんばってメイクするかもよ?」

トイレにでも行くのだろう、颯太は教室から出ていった。

「キモいんですけど〜」

おどける駿くんに、彼らは大きな声で笑う。つられて笑っていることに気づいたのは、由衣が湿った目で見てきたから。

「あ、ごめん」

「よくあんな大声で話せるよね。教室には自分たちしかいないって思ってるんだろうね」

髪を切って以来、由衣のこういう発言が増えている。なんて答えていいのかわからず、あいまいにうなずきながら視線を戻す。

楽しそうに笑う顔を見ていると、しぼんだ恋心に光が差すようだ。いつか、私もあんなふうに駿くんと話してみたい。

密《ひそ》かな片想いももうすぐ一年になろうとしている。絶対に誰にも言わないけれど。

去年の冬、資料を視聴覚室へ運ぶように先生に頼まれた。あまりの重さに苦戦しているると、一度も話したことのない駿くんが駆けてきた。

彼は私の前に来ると、『運んでやるよ』と資料を受け取ろうとした。

『え、大丈夫だよ』

そう答える声が小さすぎた。お互いに資料を引っ張り合い、同時に手を離したせいであっけなく資料が床に音を立てて散らばってしまった。

『マジかよ』

資料を拾ってくれた駿くんはおかしそうに笑っていた。

『ご、ごめんなさい！』

声のボリュームの調節ができず、叫ぶように言ってしまった。

『うわ、急にでかい声』

『……ごめんなさい』

慌てて資料を拾いながら、耳のあたりが熱くなっていることに気づいた。

『初めてだよな、しゃべったの』

『あ、はい』

『なんで敬語。普通でいいのに』

私が集めた資料を今度こそ奪った駿くんが立ちあがる。

『こういうときは素直に任せてくれればいいから。一緒に行こう』

『はい。違う……うん』

『はは。なんか麦野《むぎの》っておもしろい』

駿くんは太陽みたいにまぶしい笑みを浮かべていた。

その瞬間に恋をしたなんて、自分でも単純だとは思う。

でもあの出来事を思い出すたびに、彼への気持ちがまた深くなるようで。

駿くんが瑠奈とつき合ったら、この片想いも息絶えてしまう。

それも仕方ないよね。誰が見たってふたりは王子様とお姫様なのだから。

「じゃあ、みんなスクールメイクをしてるってこと？」

駿くんの問いに、「んー」と莉子が首をかしげて立ちあがった。

「だいたいの子はしてんじゃないの？　よっちゃんとかは色つきの下地を使ってるんだよね」

私たちの数席向こうにいるグループの子が、

「そうだよ。ドラッグストアの安っすいやつだけどね」

と答えた。

でやってくる。

「えっと」と莉子が私に視線を向けた。顔を逸らす間もなく独特のチョコチョコ歩き
「愛優はなんにもつけてないの?」

「……え?」

「スクールメイクのこと」

不思議そうに尋ねる莉子に、「あ、うん」と軽い口調を意識する。

「日焼け止めは塗ってるけど、色なしのやつなんだよね」

「チークとかパウダーも?」

「そういうのはしてない」

笑顔でなんとか答えることができた。

が、莉子は「うえ」とヘンな声をあげた。

「えー、信じられない。スクールメイクくらいしないとヤバいって」

マジマジと顔を覗きこんでくるから、同じ幅でうしろにのけぞるしかない。

「そう……だよね」

「あたし、愛優はメイクでかわいくなれるって思ってんの。もったいないよ」

今はかわいくない、と言いたいのだろう。

駿くんが私を見ていると思うと恥ずかしくてたまらない。助けを求めたいのに、由

衣はとっくにうつむいてしまっている。

いつもこうだ。由衣と颯太以外で、私に話しかけてくる人は苦手。普段はスルーしているのに、なんでこんな話題のときばかり絡《から》んでくるのだろう。

莉子に悪気がないのはわかっている。苦しいのは、なにげないひと言を何日も気にしてしまうこと。

透明人間になりたい。誰からも見えなければ、こんな思いをしなくてすむのに……。

「ちょっと莉子」

追いかけてきた瑠奈が莉子の肩を抱いた。

「人それぞれなんだからそういうこと言わないの。むしろメイクするより、自然体でいたほうがいいし」

「でも――」

「そのままでも愛優はじゅうぶんかわいいよ。ごめんね、気にしないで」

キラキラと輝く笑みを残し、瑠奈は莉子を連れて席に戻る。

私なんかにもやさしくしてくれる瑠奈は、やっぱりお姫様だ。

駿くんは、もうほかの男子と違う話をしている。ホッとする反面、さみしくもなる。

資料を運んでくれた日以来、一度も駿くんとは話せていない。

駿くんに意識されたくて意識されたくない。気にしてほしくて気にしてほしくない。

そんな感じ。

「……なにあれ」

由衣がボソッとつぶやいた。

「悪気があったわけじゃないと思うよ。莉子はちょっと天然なところがあるから」

うつむいたまま、由衣は首を横にふった。

「一ノ瀬さんのことじゃない。私が言ってるのは青井さんのこと」

「瑠奈のこと？　え、なんで？」

本当にわからなくて尋ねたのに、ムッとした顔で由衣は立ちあがった。

「なんでもない。ちょっとトイレ」

由衣との会話はこんなふうに途切れることが多い。

人を悪く言うのは昔から苦手。いつか自分に跳《は》ね返ってくるような気がするから。

いつか由衣に駿くんのことを相談したいけれど、そんな日はきっと来ない。恋心を言葉にしてしまったら、この気持ちを認めることになってしまう。

『好き』はまるで呪いの言葉。一度口にしたら最後、現実世界を侵食《しんしょく》し、私の頭は今よりも彼のことでいっぱいになる。

呪いにかかったことがバレたら、今よりももっと孤独になる。

ああ、そっか……。

おとぎ話で言えば、私は魔女の役なのかもしれない。誰にも呪いをかけたくなくて、奥深い山でひとり呪文をつぶやいている魔女。

そんな役になるくらいなら、エキストラのひとりでいたほうがマシだ。

窓に目を向けると、昼間なのにもう太陽が傾いている。

ほかの子が話しかけてきたので笑顔で応《こた》える。

そんな自分を遠くから見ているような感じがしている。いつも、いつも。


家に帰ると、キッチンでお母さんが油と戦っていた。

今夜は唐揚げらしく、すでに油切りのトレーに山盛りになっている。

「お帰りなさい。いつでもご飯食べられるわよ」

短めの髪にふくよかな体。真冬なのに額に汗をかいている。

正月明けに、何十回目の『ダイエット宣言』をし、しばらくは私たちもつき合ったけれど、その反動なのか最近の夕食は高カロリーなおかずが続いている。

二階の部屋で家着に着替えてからキッチンに戻ると、お父さんが帰ってきた。リビングの奥にある寝室で着替えてくるやいなや、さっそくご飯を食べはじめた。

「まいったよ。検診で引っかかっちゃってなあ」

「お父さんもダイエットしてたんじゃなかったっけ？」

「あれは中止した。な？」

もりもりと唐揚げを平らげるお父さんが問うと、

「そうそう。食べないとお互い不機嫌になっちゃうからね」

味噌汁を運んできたお母さんも席に着き、食事をはじめる。

「たくさん食べてね。足りなかったらメンチカツも揚げるから」

「俺もメンチカツ食べたい」

お父さんの催促に、「あとでね」とお母さんは大盛りのご飯をほおばった。

夫婦は似る、と言うけれど、うちの親は双子ってくらいにそっくりだ。丸い体の両親のもとで体重をキープするのは難しい。

今のところ自制できているけれど、いつまで続くのか自信がない。

「そういえばな」とお父さんがなにか思い出したように目を丸くした。

「今日営業先に顔を出したら、珍しくそこの社長が出てきてな」

「へえ」

唐揚げは三個でやめておこう。

お父さんが「でな」と話を続ける。

「これまでもたまに見かけたことはあったんだけど、常に怖い顔をしてるから苦手だったんだよ。挨拶してもろくに返事もしてくれなかったし」

お父さんは医療機器メーカーで営業職をしている。といってもどんな機器を作っている会社なのかは知らないけれど。

「話の流れで子どもの話になったんだよ。そしたら、愛優と同じ高校だってことが判明。しかも、総合学科の二年生なんだって」

「本当に？　じゃあ同じクラスってことだよね。誰なの？」

身を乗り出す私にたっぷり間を取ってから、

「青井瑠奈さんだって」

と自慢げにお父さんがその名を口にした。

「瑠奈のこと？　え、瑠奈のお父さんって社長なんだ……」

「ただの社長じゃないぞ。青井製薬はすごい勢いで成長している会社なんだ。同じ高校に通っていることがわかったとたん、えらくご機嫌になってなあ」

ホクホクとお父さんはうれしそうに笑っている。

全然知らなかった。瑠奈って本当にお姫様なんだ……。

「青井瑠奈って子のこと、聞いたことないけど仲がいいの？」

お母さんの質問に、「あー」と宙に目を向ける。

「大きな島にいる子だからね」

「なによ島って」

「一軍の子ってこと」

「一軍？　野球部なの？」

お母さんが首をひねるから、思わず笑ってしまった。

「クラスで目立つグループにいる子のこと。私はたまに話すくらいかな」

今度はお父さんが、お母さんと同じ角度で首をひねった。

「じゃあ愛優は何軍にいるんだ？」

「私はその他大勢って感じかな。人と話すの苦手だし」

山奥にひとり取り残された魔女が頭に浮かんだ。

「またそんなこと言って。別にムリして話すことないじゃない。愛優らしくしていればいいのよ」

「愛優は愛優のままでいいんだ。わかってくれる人は絶対にいるぞ」

ふたりはいつもそう言ってくれるけど、私らしくって、どういうことなんだろう。

教室では透明人間になりたいと思っている。でも、誰かに話しかけられるとうれしくなるし、にこやかに返事もできている。

由衣とはもっと仲良くなりたいけれど、違和感を覚えることもある。駿くんと話したいけど、話したくないとも思う。

どれが本当の私かなんて、いくら考えてもわからない。

だけど、ふたりに心配をかけたくないから、私は笑ってみせるの。

「自分から話すのが苦手なだけで、友だちはちゃんといるって」

こうやっていつも誰かの求める答えを口にする。

それが私らしさだと言われれば、きっとそうなのだろう。


お風呂のあと、洗面所の鏡に映る自分を見つめる。

やっぱり私と瑠奈ではあまりにも違う。

少しでもメイクをすれば、駿くんも気にしてくれるのかな……。

「そんなわけない」

鏡のなかの私に言い聞かせる。そもそものパーツが違うし、性格だって真逆だ。

メイクなんてしていったら笑われるだけだし、由衣も快く思わないだろう。

私にできることは、魔女らしく魔法をかけることだけ。そういう意味じゃ、この黒髪はピッタリだ。

「あなたは瑠奈になる。クラスのお姫様になるのじゃ」

魔女っぽい声で呪文をかけてみた。

そして、ため息。

バカなこと言ってないで、今日はもう寝よう。明日も同じ毎日が待っているのだから。

別に苦痛なわけじゃなく、言葉にできないモヤモヤを抱えているだけ。

そんなの、きっとほかの子だって同じでしょう?

家を出るまではいつもと変わらない朝だった。

朝から大盛りご飯を食べるお父さん。お母さんは洗濯機の調子が悪いと嘆いている。

「行ってきます」

玄関のドアを開けると、天気予報通り雪が降っていた。

この地方で雪が降ることは珍しく、コートをたぐり寄せ、震えながら歩く。

空から無数に落ちてくる雪が、まるで街を浄化させているみたい。もう二月だし、今年最後の雪になるかもしれない。

見慣れた街角、公園、バス停のベンチが雪のせいで違って見え、異世界に迷いこんだ気分にさせる。

校舎の昇降口に辿《たど》りつき、カサをたたむ。

大粒に成長した雪が激しさを増している。手のひらに雪を載せるとすぐにとけて水に変わった。

「おはよう」

最初は自分に話しかけられているとは思わなかった。颯太ではない男子が私の名前を呼び捨てで呼ぶことはない。

「もしもーし、聞いてる？」

「え？」

ふり向くと同時に固まる。白い雪を背景に立っているのは——駿くん？

そんなはずはない、と目をこらしても幻じゃない。

「なんで突っ立ってんの？」

やわらかそうな茶髪に雪がついている。目を線にして笑う駿くんが、「ん？」と顔を覗きこんできた。

「颯太じゃあるまいし寝ぼけんなよ。あ、おはよ」

私の肩にポンと手を置き、駿くんは登校してきた男子のほうへ駆けていく。

その背中を眺めながら顔がどんどん熱くなっていく。手が置かれた肩のあたりもじんわり温かい。

……今のは、なんだったの？

あんなふうに話しかけられたのは初めてのこと。触れられたことだって一度もない。

靴を履き替え、いちばん近いトイレの個室に逃げこんだ。

同じコートに同じ制服に同じ通学バッグ。私みたいに髪をひとつに縛っている子はたくさんいる。

きっと、ほかの女子と間違えたのだろう。人違いに気づき、ごまかすように肩に手を置いて逃げた。そうに決まっている。

「なんだ……」

ガッカリするのと同じくらい、うれしい気持ちもこみあげてくる。

まるで映画を観ているようだった。たくさんの色のカサと雪をバックに笑う駿くんがスローモーションで再生される。

忘れないように、心に焼きつける。何度も、何度も。

名残惜《なごり》しいけれど、小テストの予習をしなくちゃ。

トイレを出て二階の教室へ向かった。

うしろの扉からなかに入るのと同時に、足が止まった。

私の席になぜか莉子が座っている。机には駿くんが腰をおろしていて、同じグループの柊《ひいらぎ》佳澄《かすみ》さんと盛りあがっている。

いつもは瑠奈の席にいるのになんで……？

「おー、やっと来た。珍しく遅かったじゃん」

チョコチョコ走りでやってきた莉子が、私の腕に絡みついた。

「愛優、おはよ」

「え……おは……」

「声出てないのウケる。まさか雪で凍えちゃったとか？」

なにも答えられないまま、自分の席へと連行される。駿くんの笑顔が一歩ごとにどんどん近づいてくる。彼の瞳は――私に向いている。

「おはよう。てか、ノーメイクじゃない？」

話したことがない佳澄さんまで話しかけてくる。

「ほんとだ」と莉子も目を丸くした。

「なんで髪も縛ってるの？　え、スカートも長いんですけど」

アニメ声でさわぐから、周りの子たちが一斉に私を見てくる。ノーメイクも髪を結ぶのもスカートの丈もいつもと同じ。

ひょっとして、からかわれているの……？

「これじゃあ雪が降るわけだ。ひょっとして寝過ごしたってやつ？」

莉子の顔がこれまででいちばん近い。

瑠奈の席に目をやるけれど、彼女はまだ登校しておらず空席のまま。

戸惑いながら席に座ると、ポンと頭に手が置かれた。

「え……」

おそるおそる見あげると、駿くんがほほ笑んでいた。薄い唇が三日月の形で開く。

「愛優はそのままでもかわいいから大丈夫」

私を見て駿くんが笑っている。

――いったい、なにが起きているの？

第2章

最高で最悪の日

トイレの鏡に向かうのは今朝だけでもう二回目。

まだ心臓がバクバク鳴っていて、呼吸も苦しい。

「落ち着いて……」

鏡のなかの自分に言い聞かせる。

あれはみんなが考えたどっきり企画だ。親しい友だちみたいに話しかけて、反応を見るというもの。きっと今ごろ大笑いしているに違いない。

でも、駿くんも協力しているならショック。

まさか私の気持ちがバレている？　ううん、そんなことは絶対にない。

だとしたら今のことが、駿くんをあきらめるきっかけになるかもしれない。

一年間かけて学んだことは、片想いが楽しいのは最初だけということ。想う時間が増えていくたびに、ふり向いてもらえない切なさも同じだけ募《つの》っていった。

彼は私を見ない、話しかけない、ふり向かない。

透明人間なんだから当たり前か……。

やっぱりからかわれただけなのだろう。そうだよ、そうに決まっている。

恋も電車みたいに途中下車できればいいのに。でも、あきらめたくない自分もいるわけで……。

重いため息を吐きながらトイレから出た。

もう教室も落ち着いているだろうし、小テストの予習をしなくちゃ……。

これからこんな風にからかわれることが多くなったらどうしよう。みんながバカにして笑う姿を見たら泣いてしまうかもしれない。

廊下の向こうに由衣の姿を見つけた。うつむいたまま通学バッグを握りしめて歩いてくる。

由衣にさっきのことを言わなくちゃ。

急ぎ足で近づくと、由衣はハッと顔をあげ、足に急ブレーキをかけた。

「おはよう。あのね……」

「あ……」

由衣はまるでイヤなものでも見たように顔をしかめている。

「……どうしたの？」

けれど由衣はそれに答えず、軽く会釈をして急ぎ足で横を通り抜けた。

逃げるように教室に入っていく由衣を見送る。

具合いでも悪いのかな……。

教室に戻ると、私の席は解放されていた。ホッとして席につく。前の席の由衣に声をかけたいけれど、机とにらめっこするみたいにうつむいてしまっている。

「あー、やっと帰ってきた。って、メイクしてきたんじゃないんだ？」

またしても莉子がやってきて、席の前で仁王立ちになった。

「まあいいや。それより今日のカラオケのことなんだけど、もちろん行くよね？」

「……え、カラオケ？」

私が？　莉子と？

ハテナマークをたくさん浮かべているうちに、由衣が席を立ち教室を出ていってしまった。

莉子は当たり前のように由衣の席に座り、瑠奈とよく似た長い髪をいじくりながら上目遣いで見てくる。

「だってLINEの返信くれなかったからさー。まさか行かないなんて言わないでよね。もう予約してんだから」

「カラオケ、って……私と？」

そう言うと莉子は「ええっ⁉」とのけぞり足をばたつかせた。

「ひどい。あたしの親友はデートの約束も忘れちゃってる」

「マジで？」と、佳澄さんまでそばにくる。佳澄さんは肩までの髪を駿くんよりも明るい色で染めている。

「前に言ったじゃん。今日は女子会するよ、って」

「あ、ええと……」

ようやく周りの様子を見る余裕が出てきた。ドッキリ企画なら、見守っている人がたくさんいるはず。

でも、登校してきたクラスメイトはいつもと変わりなく話をしたり、テキストやノートを開いている。

駿くんは、と探す。教壇で男子と話していた駿くんが、当たり前のように私のほうへ歩いてくる。

……怖い。

ほとんど話したことのないクラスメイトに囲まれ、恐怖でなにも言葉が出てこない。

「なんの話？」

「今日の放課後のこと」

莉子の答えに、駿くんはパッと目を輝かせた。

「カラオケ行くんだろ？　俺も行きてえな」

「駿はダメ。今日は女子会だって百回言ったよね」

莉子がピシャリと言うと、駿くんは「んだよ」と肩をすくめた。

こんないたずら、もうやめて。そう言いたいのに金魚みたいに口をパクパクすることしかできない。

「にしても」と莉子が私の顔を覗きこんだ。

「今日の愛優、いつもと別人みたい。体調ヤバいの？」

その小さな手が額に触れるのと同時に、

「ひゃ！」

と叫んで椅子ごと下がってしまった。

みんなの視線が私に突き刺さる。なにか言わなくちゃ……。

「あ、ごめん。その……冷たくて」

しどろもどろで言うと、莉子がおいでおいでと手招きをし、再び額に手を当ててきた。

「あたし冷え性だから、熱がある人にはちょうどいいの。でも、熱はなさそうだね」

「う、うん。体調は……大丈夫だよ」

愛想よくしなくちゃ、と思ってもうまく言葉が出てこない。

「ひょっとして夢のせいってやつ？」

「夢？」

莉子が呆れた顔で「もう」と頬を膨《ふく》らませた。

「最近よく言ってたじゃん。ヘンな夢ばっかり見るって」

そういえばそんな話をしていたっけ。でも、どんな夢を見たのかまでは知らない。

「違うと思うよ。心配してくれてありがとう」

とにかく今は合わせるしかない。覚悟を決め、表情をやわらかくした。

「コスプレ？」

佳澄さんが笑いながら聞いてきた。

「え？」

「地味な女子のコスプレでもしてんの？　とりあえず髪は戻しなよ」

返事も待たず、佳澄さんは結んでいた髪をほどいてしまった。その手にはいつの間にかブラシが握られている。

「前向いてて。せっかくきれいな髪なんだから、結んじゃもったいない」

誰かに髪をといてもらうなんて初めてのことだった。

胸が破裂してしまいそうなほどドキドキしている。

教室のうしろのドアから瑠奈が入ってきた。これでこのドッキリ企画も終わりだろう。

「瑠奈が来たよ」

そう言うが、誰も瑠奈のことを見ない。

珍しく瑠奈は髪をひとつに結んでいて、メイクもいつもより薄く見える。

そこへ由衣がやってきた。瑠奈に話しかけ、ふたりはなにか話をはじめている。

「え……なんで？」

あれほど瑠奈のことが苦手だったはずなのに、なんで普通に話しているの？

「ああ、あれ」と、私の視線を読んだ莉子が言う。

「あのふたり、いつも一緒だよね。瑠奈は話しかけると返事してくれるけど、ノリが悪いし」

佳澄さんが「わかるー」と同意した。

「狭い世界にいたいんだろうね。まあ、うちらに迷惑かかるわけじゃないからいいんじゃね？」

「こないだ、由衣に『髪切ったんだね』って話しかけたのにガン無視されたんだよ。ひどいと思わない？」

「莉子が怖いんじゃないの？　性格の悪さ見抜かれてたんだよ」

「待って。それを言うならカスミンだって同じでしょ」

頭上で交わされる会話が信じられない。

だってここには瑠奈がいるべきで、瑠奈の席には私がいるべきで……。

なにがなんだかわからないまま、髪にヘアオイルが塗られた。

声に顔をあげると颯太が寝ぼけた顔で立っていた。いつにも増して寝ぐせがひどく、朝からあくびをしている。

「おはよ」

この違和感に気づかないはずがないのに、颯太は駿くんと話をはじめてしまった。

「かわいくなったよ。あとはメイクだね。昼休みにでもやったげる」

佳澄と一緒に席へ戻っていく莉子。

チャイムの音が鳴りはじめた。なにかがはじまる合図に聞こえ、思わずギュッと目を閉じた。


アニメソングが大音量で流れている。

莉子がいつも以上のアニメ声で、マイクを手に踊りながら歌っている。重低音のせいで、足元が揺れているように思えた。

カラオケの部屋にいるのは、私と莉子と佳澄。そして山本凛《やまもとりん》さん。

凛さんは黒髪ロングのクールビューティ。黒縁メガネがトレードマークだけど、ダサくなるどころかその美しさをさらに引き立たせている。

名前のとおりいつも凛《りん》としていて、今も背筋をまっすぐにして座っている。彼女も瑠奈のグループの一員で、しかも生徒会の副会長をしている。私はもちろんしゃべったことがない。

歌い終わると莉子は、マイクを口に当てたまま奥に座る男子を指さした。

「てか、なんで駿と颯太まで来てるわけ？　今日は女子会だって、あたし言ったよね？」

「ヒマだったし、おもしろそうだなって」

ひょうひょうと答える駿くん。

「俺は無理やり連れてこられただけ。ダメなら帰るけど」

「待てって」

立ちあがろうとする颯太を駿くんは強引に座らせた。

「おごるからちょっとだけつき合えよ。な？」

「俺は眠い」

颯太が腕を組んで寝る体勢に入った。

困った顔の駿くんと目が合う。

「俺は愛優の歌が聴きたいな。前に歌ってた乃紫《のあ》の曲、入れてもいい？」

乃紫の曲は大好き。でも、人前で歌うなんてとんでもない。しかも好きな人の前でなんて絶対に無理。

「却下します」

莉子の声がハウリングしてうわんと部屋に響き渡った。

「昼休みにしゃべりすぎてメイクできなかったから、これからするの。だからもう帰んなよ」

「タダでいい？」

「割り勘に決まってんでしょ」

「だったら、いる権利はあるはずだ」

優雅に足を組む駿くんと目が合い、自然な感じで莉子へ視線を戻した。

「もう……じゃあ、おとなしくしてなさいよ」

莉子はマイクを置き、メイクポーチを取り出した。

「しかし、メイク道具も忘れるなんてね。今日の愛優、ヘンな感じ」

「そう……かな」

それはこっちのセリフだと思うけど……。朝からずっと体に力が入っている感じ。早く家に帰りたいけれど、言いだすことができるはずもなく……。

「じゃあまずは下地からね。あたしが使ってるの、愛優と同じやつだよ。いいの教えてくれてありがとね」

「あ、うん」

「もう学校終わったし、しっかりメイクにしよう」

メイクの最中、しゃべらなくてすむのはありがたかった。

いつまでこのドッキリ企画は続くのだろう……。

結局、放課後まで由衣とは話をしなかった。話しかけようと近づくたびに露骨に避けられてしまった。

瑠奈もそうだ。これまでは常に莉子のそばにいたのに、今日、ふたりは一度も話をしていない。

——ドッキリじゃないとしたら?

冷静に周りを観察する。このドッキリ企画にワクワクしてそうな人は見当たらない。

佳澄さんがリモコンで曲を予約し、画面に乃紫の『初恋キラー』が表示された。

「さっきはノーメイクでもいいって言ったけど、やっぱりメイクしてたほうがもっとかわいい」

身を乗り出す駿くんに、「キモい」と莉子は言った。

「女子の容姿を言葉にするなんて最低。なんであんたがモテるのか不思議で仕方ない」

「私もそう思います」と凛さんがうなずいた。

「こないだも告白されてましたね。あの子、一年生でしょう?」

凛さんは育ちがいいらしく、誰に対しても敬語で話をする。

「名前も知らない子に言われてもなあ。もちろん断ったからな」

なんで私に言ってくるの？

まるで酸素の薄い部屋に閉じこめられたみたいに、うまく息ができない。

佳澄は歌う。

『「やめときなさいな彼なんて」　やはり悪魔には逆らえず　気付けば手遅れな恋でした』

駿くんはメイクをしている女性が好き。ノーメイクの私のことなんて、一度も視界に入れたことがない。

当たり前のことなのに、勝手に傷つけられた気分。

そもそも、私は駿くんのなにを知っているのだろう。

資料を拾ってもらったときの笑顔のせい？

それとも、みんなが『カッコいい』と口ぐせみたいに言ってるせい？

本当に駿くんのことが好きなのかさえわからなくなってくる。

「愛優はほんと肌がきれいだね」

莉子がささやくように言った。

「そんなことないよ。なんにもしてないし」

「だとしたらなおさらすごい。あ、目を閉じて」

言われたとおりにすると、さっきよりも音楽が大きく聞こえる。

『初恋なんてこんなもんだ　やり切ったよねなんだかんだ』

駿くんへの恋は、最初からあきらめていた。クラスで人気者の彼と結ばれることなんてきっとない、と思っていた。

「めっちゃかわいい」

手の甲を口に当てた駿くんが、そっぽを向いてつぶやいた。大音響のなかでもその声がはっきりと耳に届いた。

聞こえなかったフリしてその言葉を頭のなかでくり返した。きっと、この先何度も思い出すことになるだろう。

さっきのぐらついた気持ちは、もうどこにもない。

もっと駿くんのことを知りたい。でも、このドッキリ企画はもうすぐ終わりを告げる。

「完成。トイレでチェックしよう」

莉子に連れられ部屋から脱出した。

やっと少しだけ息苦しさが消えた気がした。

「あ、あのね……」

勇気を出して聞いてみることにした。

「なんで私なの？　カラオケとか……。いつもは瑠奈と行くんじゃ……？」

「んー？」

「音がうるさくて聞こえない。なんて言ったの？」

かわいらしい声で尋ねられると、それ以上なにも聞けなくなる。

「それよりさ」と、莉子がニヤリと笑いかけてきた。

「駿のやつ、たぶんそのうち告白してくるよ」

「え……ないよ。それはない」

「愛優ってマジで鈍感すぎ。あの目や態度を見てればわかるじゃん。作戦どおりにするんだよ」

そう言われてもどんな作戦なのかわからない。

「いいなあ、あたしもモテたい」

ぼやいても莉子はかわいい。

「莉子はモテるよ。だって……すごくかわいいもん」

ピタッと足を止めるやいなや、莉子が私の腕に抱き着いた。

「愛優にそう言ってもらえるのがいちばんうれしい！」

「あ、うん」

「だけど、愛優の恋が叶うほうが大切。がんばってね」

莉子は私が駿くんに恋をしていることを知ってるの？

ううん、それはないはず……。

「ほらチェックしてきて。あたし、ドリンクバー行ってくるから」

鼻歌まじりに去っていく莉子。トイレに入り鏡に近づくと、見知らぬ女性が映っていた。

「え、本当に……？」

加工アプリで撮った写真みたいに目が大きくなっている。肌だって陶器みたいにつるんとしていて、唇も艶々と光っている。

違和感はあるし、似合っているかどうかはわからないけれど、鏡から目が離せない。メイクなんて自分には縁がないことだと思っていたけれど、こんなに変わるとは思っていなかった。

ああ、だから女の子はメイクをするんだ……。

スクールメイクだともう少し薄めにしないといけないけれど、挑戦してみようかな……。

トイレから出ると、向こうから駿くんがやってきた。

「明るいところで見ると最高。マジでかわいいよ」

「ありがとう。……駿も、カッコいいよ」

「え⁉」

叫ぶように言った駿くんの顔がみるみる赤くなる。

「そんなこと言われるなんて、今日ついてきて正解だった」

「私も、来てよかった」

顔が赤くなるのがバレないよう逃げるように部屋に戻った。

ああ、やっぱり駿くんのことが好き。

ドッキリ企画だってかまわない。この気持ちを再確認できただけでもよかった。

普段しゃべらない人たちと一緒にカラオケに来ている。好きな人に褒《ほ》められた。

今日は、人生でいちばん最高の日なのかもしれない。

リビングのドアを開けたとたん、

「キャア！」

お母さんがマンガに出てくるみたいな悲鳴をあげた。心底驚いているらしく、菜箸《さいばし》を手にしたままフリーズしている。

「ただいま」

「お帰りなさ――違う」

ブンブンと首を横にふってからマジマジと私を見てくる。

「髪も顔も……いったいどうしちゃったの？」

「友だちがしてくれたの。着替えてくるね」

お弁当箱を置いてから部屋に戻る。リビングに戻る前にスマホで自撮りしておく。

メイク道具の写真も撮らせてもらった。くせ毛を一瞬で直した魔法のヘアオイルの名前は覚えている。今度の休みに買いに行くつもりだ。

明日になればドッキリ企画も終わっているだろう。それでも、一軍女子たちと過ごせたことで少しだけ世界が広がった気がする。

でも、みんなどういうつもりであんなことを？

私なんかと仲良くしたってなんの得もないし、だますにしても丸一日はやりすぎだ。

由衣だって、あんなに嫌っていた瑠奈と普通にしゃべっていたし。

いちばん不可解なのは瑠奈だ。一度も莉子たちに話しかけなかった。

「駿くん……」

かわいいって言われたし、カッコいいって言えた。

こんな奇跡が起きるのなら、ドッキリ企画も悪くはない。明日ネタばらしがあっても、この思い出があれば平気。

莉子は、駿くんから告白されると言ってたけれど、作戦については最後までわからないまま。

恋人になるための作戦なのか、断るための作戦なのかも不明だ。

リビングに戻ると、スーツ姿のままお父さんが椅子に座っていた。お母さんは忙しく夕食の準備をしながら、視線は私にロックオンしている。

「愛優」

私が椅子に座るのを待って、お父さんが低い声で言った。

「お帰りなさい」

「ああ」

返事がすぐれない。お父さんは私の顔を見て一瞬目を丸くしたけれど、すぐに渋い顔に戻ってしまった。

「それ、友だちにやってもらったんだって？」

「うん」

「いくら校則が厳しくないといってもやりすぎだろ？」

なるほど、と納得した。お母さんが注意するように頼んだのだ。

「学校の帰りにカラオケでやってもらったの」

「帰りに？　そっか、それならまあ……。で、何人でカラオケに行ったんだ？」

「えっとね、六人かな」

ほう、とお父さんが感心したようにうなずいた。

「そんなにたくさんの友だちがいるんだな。カラオケっていえばお父さんも昔はよく行ってたな」

「お父さんが？　歌ってるところ見たことないけど」

「バカ言え。昔は歌がうまいって評判だったんだぞ。それこそマイクを持たせたら――」

「ちょっと！」

　割りこんできたお母さんが、ドスンとお父さんの隣に座った。機嫌が悪いときに見せる表情を浮かべている。

「そんな話をしてって頼んだわけじゃないでしょ。これまで真面目にやってきたのに、なんで今そういうことをするの、って言ってんの。内申点に響いたらどうするのよ。それに、学校帰りにカラオケに行くなんて絶対にダメ」

「そ、そうだぞ」とお父さんが咳《せき》ばらいをした。

「お母さんの言うとおりだ。遊ぶなら休みの日にしなさい」

「もっと大人になったら別だけど、今の愛優にメイクは似合ってないと思うの。髪型だって、ちゃんと結んでたほうが愛優らしいわよ」

「そうだよな。愛優は愛優のままのほうがいいな」

　ふたりの言ってることはわかるけど……。

「私らしいってなに？」

思わずそう尋ねたのは、最高の気分から一気に突き落とされた気分になったから。

「愛優らしいっていうのは、今までの愛優ってことよ。ね？」

「ああ。真面目に学校生活を送ってほしいってことだよ。な？」

お互いにパスを送り合うふたりを見ていると、高揚していた気持ちが醒《さ》めていくのがわかる。

「大丈夫だよ。みんな、今日だけの友だちだから」

シンデレラの魔法は十二時にとける。私にかけられた魔法も、このあとお風呂に入ったら消えてしまう。

明日からはまた透明人間になって、静かな学校生活を送るだけ。

「今日だけの友だち……。愛優、あなたまさか出会い系とかで……」

勘違いするお母さんの隣で、お父さんは真っ青になっている。

「違うって。クラスの子にたまたまカラオケに誘われただけ。明日からはこんなことないから」

「ならいいけど……」

夕飯はなにを食べたか覚えてないくらい、上の空で済ませた。

お風呂に入る前に洗面所でメイクを落とした。メイク道具を買う気持ちも一緒に流れていく。

魔法がとけてしまえば、いつもの地味な私が鏡に映っていた。

そんな、最高で最悪の日が終わろうとしている。


冬の終わりの雨が、傘でリズムを打っている。

吐く息はまだ白いけれど、少しずつ春へと傾く季節。傘を握る手もそこまで冷たくない。

傘の色を数えながら校門までの道を歩く。

黒が多く、あとは白とかグレーとか。たまにピンクや柄の入った傘も。

私の持つ傘は黒ばかり。昔は透明の傘が好きだった。雨がくだけて流れるのを飽きることなく見あげていた記憶がある。

昇降口が混雑しているらしく、なかなか前に進まない。

ふと隣を見ると、由衣がうつむいて立っていた。

「おはよう」

由衣はハッと顔をあげて私を見るやいなや、傘をたたみ人の間をすり抜けて昇降口へと消えた。

イヤな予感がした。

まだあのドッキリ企画が続いているの？

湿った廊下を歩いて教室へ向かう。足取りが重く、今にも引き返したくなる。

教室に入ると、たくさんの「おはよう」が攻撃してきた。

莉子や佳澄さんだけじゃなく、普段は話さないクラスメイトまでがにこやかに挨拶してくる。

「おは……よう」

「ちょっと待っててね。今、写してるからぁ」

莉子が凜さんの席で叫びながらペンを走らせている。

「課題やってこなかったんですって。昨日カラオケのときにあれほど言ったのに寝てしまったそうです」

呆れ顔の凜さんに、「私も！」と佳澄さんがノートを手に駆けていく。

自分の席につくと、

「おはよう。朝から雨なんて最悪だよね」

クラスメイトの子が話しかけてきた。事務的な用事で話しかけられたことはあるけれど、こういう挨拶は初めてだった。

「帰るまでにやむといいね」

無理やり笑顔をつくった。

先に行ったはずの由衣はまだ席に着いていない。教室を見渡すと、なぜか瑠奈の席に座っている。

「おっす、おはよう」

颯太がやってきた。髪から制服までびしょ濡れだ。

「おは……え、なんで濡れてんの?」

「傘の上の部分が取れちゃってさ。途中で瑠奈に入れてもらったけど、時すでに遅し」

颯太は唇をとがらせ、体操服を手に取った。

「着替えてくるわ」

「うん」

颯太に遅れて瑠奈が教室に入ってきた。

「さっきはありがとな」

瑠奈の肩をポンと叩いて教室を出ていった。

——ひょっとして。

頭のなかである考えが生まれた。

瑠奈に気づいた由衣がうれしそうに笑い、席を譲る。

——ドッキリ企画じゃないとしたら？

由衣はたのしそうに話している。まるで、私と話すときのように。

自分の考えをたしかめるために、席を立ち歩きだす。

不思議だ。まるで夢のなかにいるように足に力が入らない。

まさか、まさかそんなことが起きるはずがない。

由衣が私に気づき、おびえたように視線を逸らした。

「瑠奈、おはよう」

瑠奈が顔をあげた。昨日よりもメイクはさらに薄くなっている。艶のある髪もきっちりひとつに結んである。

「おはよう」

ぎこちない笑顔で瑠奈は答えた。

「雨だね」

「うん。イヤになるね」

彼女の緊張が伝わってくる。

「ごめん。トイレ行ってくるね。由衣、行こ」

席を立つ瑠奈。彼女は、一昨日までの私だ。

自分の席に戻ると、ほかの子が挨拶をしてきた。

雨の音が外にいたときよりも大きく耳に届いている。

──もう、間違いない。

「瑠奈と立場が入れ替わったんだ……」

つぶやく声を雨の音がかき消した。

第3章

新しい私と、新しい彼女

この一週間で学んだことは、『人は慣れる生き物』だということ。

ありえないことが起きているのに、時間は普通に流れていく。

最初は戸惑うことばかりだったけれど、瑠奈と入れ替わったとわかってからは少しずつ対応できてしまっている。

瑠奈のように笑い、瑠奈のように話して行動するだけ。

あれだけあこがれていたのだから、瑠奈をコピーするのは簡単なこと。

難しいのは髪やメイクだ。オイルを使っても瑠奈みたいな一本の遊び毛もない艶やかな髪になってくれないし、メイクだってそもそもの肌質が違う。

どうせなら、体ごと入れ替わってくれればよかったのに……。

この数日はネットで調べまくって技を少しずつ習得している感じ。

昼休みはみんなが私の席に集まり、一緒にご飯を食べる。当たり前のように由衣の席に駿くんが座り、うしろの席には莉子が座る。

佳澄さんや凛さんもそばに来るけれど、颯太は寝ているか、起きても瑠奈たちのところへ行ってしまう。

「今日さ、みんなでモースト行かない？」

莉子がいいことを思いついたみたいに言った。モーストというのは駅前にあるモーストバーガーというファストフード店。最近オープンしたのは知っていたけれど、入ったことはない。

凛さんが「ダメです」と端的に答えた。

「来週から期末テストがはじまりますので、しばらくは我慢しましょう」

「だから行くんだよ。愛優に教えてもらわないと、マジで赤点取りそう」

そうか、と思い出す。瑠奈と入れ替わったなら、成績だってよくないとおかしく思われる。

これはマズい、と姿勢を正した。

「私も今回はぜんぜんダメ。小テストも最悪だったし」

瑠奈っぽさを意識して明るく言ったけれど、莉子は譲ってくれない。

「そんなこと言いながら、いつもいい点取るじゃん。それに、ダメならなおさらみんなで協力しないと」

「ああ、うん……」

きっとこのままじゃテストは平均点のオンパレード。がんばらないと、入れ替わっていることがバレてしまうかも。

そこでふと気づいた。

この不思議な現象を、瑠奈は自覚しているのかな……？

瑠奈が席を立った。由衣はスマホを見ているらしく席を立たない。

「ちょっとトイレ行ってくるね」

慌てて追いかけると、瑠奈は廊下のはしっこを歩いていた。体をすぼめてうつむく姿は、先週までの私に似ている。

「瑠奈」

声をかけたとたん、瑠奈は体をビクッと震わせてからふり向いた。私だとわかるとホッとしたように表情を緩めた。

「愛優。どうかしたの？」

誰でもわかるほどの作り笑顔。私もこんなふうに怯《おび》えながら話していたんだと知った。

「聞きたいことがあるんだけど、少しだけいい？」

「……うん」

チラッとトイレに視線を送る瑠奈には気づかなかったことにし、「あのね」と話を続ける。

「最近なんか変わったことなかった？」

「最近……ううん、ないよ」

「前から髪型とかメイクとかそんな感じだった？」

数日前から瑠奈はメイクをしなくなった。髪もひとつに結ったままだ。

不安そうに表情を曇らせた瑠奈が、小さくうなずいた。

「実はね、ちょっと不思議なことがあって……。うちの母が『どうしてメイクしないの？』って聞いてくるの。部屋にもメイク道具がたくさんあるんだけど、する気になれなくて……」

「うん」

「服も、自分で買ったのは覚えてるの。でも、着る気になれなくて……。なんでそう思うのかわからないの」

私と入れ替わったからだよ。

そんなこと言っても、きっと理解してもらえないだろう。

「あと、ヘンな夢を見なくなった」

莉子たちとそんな話をしていた気がする。イヤそうにしかめる顔さえかわいかったことを覚えている。

「どういう夢だったの？」

「それは――」

開いた口をキュッと閉じ、瑠奈はうつむいてしまう。

「別にたいしたことじゃないから。あの、ごめんね。トイレ行きたくて」

話の途中で瑠奈は逃げるように去っていく。

自分の姿を見せられたみたいで胸が苦しい。

入れ替わりに気づいているかどうかはわからなかったけれど、違和感に戸惑っているのは間違いない。

こみあげてくる罪悪感をごくんと呑《の》みこんだ。

あこがれていたお姫様になれた今、この魔法を絶対に消したくない。

瑠奈と入れ替わってから、毎日が宝石のように輝いている。まだまだ勉強することは多いけれど、がんばればもっと瑠奈のようになれるはず。

教室から駿くんが出てきた。

「おっす」

私を見つけるとうれしそうに近づいてくる。

何度見てもカッコいいし、笑うとかわいらしい一面も見える。

「もう昼メシ食った？」

「途中まで。駿くん――駿は？」

慌てて言い直すと、駿くんは「おいおい」とおどけた。

「みんなのこと『くん』とか『さん』で呼ぶブーム終わってないのかよ」

「終わったよ。ちょっとクセになってて……」

瑠奈らしく、と思っても、こんなに近くで話しかけられるとドキドキしちゃうよ。

瑠奈も同じ気持ちだったのかな……？

「愛優ってマジでおもろい」

名前で呼ばれることにも慣れた。私もちゃんと呼び捨てにしなくちゃ。

「駿だってそうとうおもしろいよ。こないだは女子会にまでついてきたし」

「そりゃ愛優がいるなら参加しちゃうって」

どこまで本気かわからないアプローチは、そのたびに私の顔を赤く染める。

「さっき聞いたけど、モースト行くって？」

「どうだろう。テスト前だし行かないと思うよ」

「数学ヤバいって言ってなかった？ 俺、数学だけは得意だから、なんなら教えるぜ」

胸を張る駿に胸の鼓動が聞こえてしまいそう。

やっぱり駿は王子様で、私がずっと探していた人なんだ……。

毎日寝る前に祈っている。どうかこの魔法が解けませんように、って。なにが原因で起きたのかわからないけれど、この奇跡が終わらないでほしい。

「駿も行くの？」

「俺はやめとく。でも、時間あったら解散したあとにＬＩＮＥしてよ。どっかで会わない？」

入れ替わりがあったタイミングで、私のＬＩＮＥにはみんなのＩＤが入っていた。グループＬＩＮＥもあり、学校以外の時間はそこでやり取りしている。

「あー、どうだろう。あまり遅くなると怒られるから」

こんなに学校では楽しいのに、家の雰囲気は最悪だ。

特にお母さんはずっと不機嫌で、増えていくメイク道具に小言ばかり。お父さんも前より新聞を見ている時間が長くなった気がする。

「じゃあ土曜日は？　昼間なら大丈夫じゃね？」

それってデートの誘いってこと？

トイレを出た瑠奈が戻ってくるのが見えた。駿がいることに気づいたのだろう、白い頬がキュッと引き締まった。

やっぱり瑠奈と駿はつき合う寸前だったのかな……。

魔法が解けるまでは、私がこのおとぎ話の主人公。だから、ごめんね。

瑠奈が教室に入るのを待ってからうなずいた。

「わかった。じゃあ、土曜日会おう」

「え、マジで⁉」

大声とともにガッツポーズをつくる駿。

「そんなに驚くこと？」

「だって何度誘ってもダメだったろ？　あ、深い意味はねーけどさ。とりあえず昼過ぎから夕方まで空けといて」

「わかった」

「また連絡するから、気が変わったとかはナシだかんな」

小躍りしながら教室に戻る駿。

瑠奈は断っていたんだ……。意外な事実にぽかんとしてしまったけれど、それなら罪悪感を持たずにすむ。

教室に戻ると駿は颯太とヒソヒソ話をしている。

颯太がいぶかしげな顔で私を見てきたけれど、気づかないフリで席に戻る。

私の友だちが笑顔で迎えてくれた。

「あー、マジでだるい」

佳澄の声で我に返ると、ざわめきが耳に押し寄せてきた。

放課後、莉子と佳澄の三人でファストフード店に来たんだった。真面目な凛は家で予習をするとのことで欠席。

駿と明日ふたりきりで会う約束をしてからは、なにをしていても心ここにあらず。どんな服を着ていこう、メイクはどうしよう、髪型は？

そんなことばかり考えてしまう。

「なんで？」と、莉子がコーラの入った紙コップを手に尋ねると、佳澄はぶうと頬を膨らませた。

「赤ジャージにめっちゃ怒られたの知ってんでしょ」

生活指導の赤ジャージこと安藤《あんどう》先生は、校則がゆるい現状を変えようと孤軍奮闘している。

前よりもさらに髪を明るく染めた佳澄は、今日の昼休みに呼び出しをくらっていた。

「さすがにそんだけ染めたら怒られるって」

呆れたように莉子が佳澄の髪を触った。たしかに茶髪というよりは金髪に近い色だ。

唇をとがらせたまま、佳澄はじとっとした目で見てきた。

「愛優のせいでもあるんだからね」

「え、私？」

まさかの飛び火に驚いてしまう。

佳澄は「だって」と正面から私の髪を指さした。

「いつの間にか黒く染めてるし。そのせいで私の髪が余計に明るく見えたんだよ。実際、赤ジャージが『麦野を見習え』って言ってたし」

「ああ、そっか。瑠奈は染めてたもんね」

思わず出てしまった言葉に、「違う」と慌てて手のひらを横にふった。

「私、前は染めてたもんね」

「なんで変えたの？　前のほうがかわいかったのに」

莉子まで応戦してきた。

「イメチェンしてみたの」

正解かどうかわからないまま口にした。

「どうしよう。せっかく染めたのにもとに戻さないといけないなんて最悪じゃね？」

名残惜しそうに髪を触る佳澄に、「でも」と無意識に言っていた。

「今のも似合うけど、前の色もメンマみたいで好きだったな」

「なによ、メンマって」

しまった、と口を閉じるけれどもう遅い。

「えっと、小学生のときにかわいがってたネコの名前……」

「ほえ」と莉子が目を丸くした。

「そんな話、今まで聞いたことなかったけど。ネコ飼ってたの？」

「飼ってたっていうか、いつも神社にいたからエサをあげてたの。小学生のときの話だよ」

茶色のネコに『メンマ』という名前をつけたのは颯太。ふたりで見つけて以来、学校帰りによくエサをあげにいった。

メンマは不思議なネコだった。まるで私と颯太の言葉がわかるように反応してくれたし、神社で道に迷ったときも迎えに来てくれたりもした。

「野良ネコと一緒にするなんてひどくね？」

不機嫌そうに鼻を鳴らす佳澄に慌てて謝った。たしかにネコに例えられたらイヤな気持ちになるだろうから。

「そんなことよりさ」

ハンバーガーを手にした佳澄が、眉をひそめた。

「髪の色で思い出したけど、瑠奈の髪って前からあんな色だっけ？」

「うん。前からそうだよ。いい色……だよね？」

正解かどうかわからず、途中でつっかえてしまった。

「だよねだよね。髪の色だけはいいよね」

うれしそうに笑う佳澄を見て、ホッと胸をなでおろした。

けれど、莉子は「ええっ」とのけぞり不満を示した。

「あたしは似合ってないと思う。ああいう子は黒じゃないとヘンだよ。瑠奈もそう思ってたみたいで、今度黒く染め直すってさ」

アニメ声でも言ってる内容がきつすぎる。

佳澄も同じように思ったのだろう、「待って」と莉子に視線を向けた。

「まさか本人に――」

「言ったに決まってんじゃん。『なんでそんな髪の色なの？』って」

あっけらかんと莉子は言った。

「ちょ、それひどくない？　前から思ってたけど、莉子って女子に厳しすぎ」

私の気持ちを佳澄が代弁してくれた。私もたしか、メイクのことで軽くイヤミを言われたよね……。

「だって似合ってないものは似合ってないんだもん」

「でも、さ」と勇気を出して言葉にした。

「前は瑠奈に『メイクしたら？』みたいなこと言ってなかった？　オシャレに目覚めたのなら、それを止める必要はなくない？」

オドオドと言ってからごまかすようにコーラを飲んだ。すっかり炭酸は抜けてしまっている。

「止めてないって。まずはスクールメイクをして、それから髪を染めろって言ってんの。それにあの髪色はあたしと愛優の色だから、真似すんなってこと。愛優だって瑠奈が黒髪に戻すならうれしいでしょ？」

どういう理論かまるでわからずに、「え」とだけ答えた。

佳澄はあきらめたらしくスマホを眺めている。

なんとなく莉子と由衣は似ている。ふたりとも仲間意識が強くて、それ以外の人は認めない性格なのだろう。

「ということで、いつ美容室に行く？」

「美容室？」

ジェットコースターに乗っているみたいに、莉子の会話にふり回されっぱなしだ。

「ほら、前に行ったときカラーリングのクーポンもらったじゃん。明日ならあたしも空いてるから予約入れちゃおう」

スマホを取り出す莉子を慌てて押しとどめる。

「明日、昼間はちょっとムリなんだよね」

「夕方でもいいけど、昼間ってなんかあったっけ？」

莉子は瑠奈のスケジュール管理もしていたらしい。きっと本気で瑠奈にあこがれているのだろう。

「ちょっと……家の用事。出かけなくちゃいけなくて」

「家の？　親との仲が悪いのに？」

初めて知る情報に、「まあ」とごまかした。それ以上追及することなく、莉子はスマホのアプリを開いた。

「四時なら空いてるって。予約しちゃうね」

罪悪感なんて持つ必要はない。

瑠奈は自分の意志でメイクや髪型を地味にしたんだし、髪の色だって莉子に言われなくてもそのうち戻すつもりだったはず。

逆に私は髪を染めなくちゃ。瑠奈らしくしないと、莉子や佳澄にバレてしまう。

それにせっかく誘ってくれた駿をガッカリさせたくない。

――お姫様になるんだ。

「ねえ、予約って午前中にできない？」

新しい私を駿に見せたい。

「あー、朝イチなら空いてるみたい。急にどうしたの？」

「早く染めたくなっちゃったんだよね。昼までに終わるよね？」

「二時間あれば余裕っしょ」

予約完了のメールを転送してもらった。

髪を染める日がくるなんて想像もしてなかった。

シンデレラは魔法できれいな姿に変えてもらったけれど、私は違う。自分の力で自分を変えていく。

今日よりも明日はもっときれいになってみせる。

決意を胸にコーラを飲み干すと、やけに甘ったるい味が口のなかに残った。


駅前には約束の時間よりずいぶん早く到着した。

ベンチに座り、さっきから手鏡で何度もチェックをくり返している。せっかくセットしてもらった髪型が、風のせいで崩れないか心配。

美容室のスタッフが同じ髪色になった私たちを「双子みたいですね」と言い、莉子のテンションは爆あがり。

何度もツーショットを撮りたがり、画面を確認するたびにはしゃいでいた。

苦手だったなんてウソみたい。無邪気でかわいい莉子を知り、同じ髪色にできてよかったと思えた。

穏やかな日差しのもと、ベンチのそばで体を寄せ合うハトも気持ちよさそう。歩く人たちも穏やかにほほ笑んでいる。

恋が、目に映る景色を変えていく。恋が、私を変えていく。

髪型やメイクだけじゃなく、ファッションも改めないといけない。白いダッフルコートに薄いブルーのトレーナー、グレーのプリーツスカートが精いっぱいで、それだって持っているアイテムのなかではマシなほう。

今度、新しい服を買いにいかなくちゃ。モテコーデというやつもちゃんと調べないと。

ううん、違う。今日はデートをするわけじゃない。

「一緒に勉強するだけ……」

自分に言い聞かせても、はやる気持ちが抑えられない。

意味もなく立ちあがったり座ったり。人影にハッと顔をあげては、別人だと気づくことのくり返し。

テスト勉強も家のこともどうでもいいと思えるほど、駿のことばかり考えてしまう。

そういえば、莉子が言ってた『作戦どおり』ってどういうことなのだろう？

さりげなく聞いておけばよかった。

横断歩道の向こうに駿が見えた。私を見つけ、軽く手をあげたので私も返した。

ロングコートをはためかせ、横断歩道を駆け足で渡ってきた駿が、

「うわ」

と、口もとに拳を当ててた。

「めっちゃかわいくなってる」

「えっ……ありがとう」

白いニットに茶色のマフラー、黒のワイドなスラックスがいつも以上に駿を大人に見せた。

「髪、もとに戻して正解。絶対こっちのほうが似合ってる」

「……うん」

自分の容姿を褒めてもらうことなんてこれまでなかった。恥ずかしくてうれしくて、泣きたい気持ちまでこみあげてくる。

「じゃあ、行こうか。自習カフェって知ってる?」

歩きだす駿に並んだ。

「ドリンクバーしかないカフェのことでしょ? 莉子がこないだ言ってた」

「そうそう。そこでテスト勉強——いや、ほかのとこでもぜんぜん俺はいいけど」

そっぽを向く駿の横顔が赤いのは、寒いせいだけじゃない。私もきっと同じ色をしている。

「いや」と駿は首を横にふった。

「今日は勉強しなきゃな」

背の高い駿だから歩幅もそのぶん広くて、急がないと追いつけない。

必死で歩いていると、昔はコンビニだった建物が現れた。看板に『自習カフェ』と丸文字で書いてある。都会とは言えないこの街にしては珍しいコンセプトのカフェだ。

駿が先に入店し、受付のスタッフにVサインをした。二名、ということなのだろう。

閉まりかけた自動ドアが開くのを待っている間に、もう店の奥に進んでしまっている。

どうやら駿はせっかちな性格らしい。

店内は土曜日ということもありほとんど埋まっていた。

席に荷物を置き、ドリンクバーでコーラを注ぐ駿にやっと追いついた。

「あ、悪い」

「ううん」

グラスを探していると、駿が私に顔を寄せてきた。触れそうな距離に心臓が止まりそうになる。

「なあ、窓側の席にいるの、杉崎じゃね？」

二秒後、ようやく言葉の意味を理解してふり返ると、カウンター席のはしっこに見慣れたボブカットが見えた。

「由衣」

思わず声にしてしまった。

ビクッと跳ねたあと、由衣がおそるおそるふり向いた。

黒いセーターに黒いパンツ、椅子にはグレーのダウンがかかっている。

「いいよ。ほっとこうぜ」

駿の忠告を背に、気づけば由衣の席に向かって歩いていた。

「由衣もここ、利用してたんだ?」

「……うん」

「私は初めて来たんだけど、いい感じだよね。ここなら勉強が――」

「なんで?」つぶやくように由衣が言った。

「なんで私に話しかけてくるの?」

「え……?」

そうだった。私は今、由衣にとっては瑠奈という存在なんだ。

「前からたまに話しかけてくるよね? 私、一ノ瀬さんみたいな笑顔でイヤミを言う人も苦手だけど、青井さんみたいに誰にでも愛想がいい八方美人がいちばん苦手なの」

由衣はテーブルに置いたテキストを乱暴にバッグにしまい、席を立った。

「だから、もう話しかけないで」

冷たい言葉に胸がえぐられる気がした。

ふり向くことなく店を出ていく由衣。

以前から由衣は瑠奈のことを嫌っていた。立場が入れ替わったから私を嫌うのはわかるけど、八方美人は言いすぎだ。

瑠奈はそんな子じゃないし、私だってそう。

「なによ、あれ……」

ムッとしたまま席に着く私を見て、駿が呆れた顔で腕を組む。

「だから言ったろ」

「ひどいんだよ。『話しかけないで』だって」

「いかにも言いそうな感じ」

「クラスメイトと偶然会って無視するほうがおかしいじゃん。なんであんなひどいこと言われなくちゃいけないのよ」

ダムが決壊したようにイヤな気持ちが言葉になってあふれ出る。

「それな」

「そもそも由衣は愛想なさすぎなんだよ。いっつも人の悪口ばっかり言ってんだよ」

「陰キャは陰キャ同士の世界があるんだからほっとけばいいんだよ」

吐き捨てるように駿が言った。

陰キャ……。私も前まではそう思われていたんだ。

「それに、俺たちと関係ねえヤツらだろ？　話をしたってつまんねえし」

思っていたよりも、クラスはグループごとに分断されているらしい。

ドリンクバーでウーロン茶を取ってきてから、テスト勉強をするけれどちっとも集中できない。

苦い味がずっと口のなかに残っている。

莉子は今の瑠奈が嫌い。髪の色を戻せ、とまで言った。

今日は由衣に拒否された。

入れ替わりが起きたことにより、前とは違う人間関係が露呈している。

「だからってあの言い方はないと思う」

ペンを置く私に、駿は「おいおい」とおどけた。駿は勉強に飽きたらしく、少し前からスマホのゲームをしている。

「まだその話してんの？　愛優らしくねえな」

「だって……」

「目立つ人が標的になるのは昔からだろ。前はどんな陰口を言われても気にしなかったくせに」

瑠奈くらいキラキラしている人なら、これまでもそういうことはあったのだろう。いつもニコニコ笑っていたけれど、陰ではつらい思いをしていたのかもしれない。

「今回も弱いヤツが吠えてる、って聞き流せばいいんだよ。あいつら陰口叩くくらいしかできねえんだし」

強引な言い方に聞こえるけれど、それも一理ある。

せっかく立場が入れ替わったのだから、私ももっとおしゃれをしてきれいになり、そして強い人にもなりたい。

「そうだよね。気にしない」

フンと鼻息を吐く私に、駿は満足げにうなずいた。

ある程度予習が終わったところで、駿が「なあ」と私に顔を近づけた。

「このあと、ちょっと遊びにいこうぜ」

「このあと？」

本当は夕方には帰らなくちゃいけない。だけど、私は瑠奈なんだから……。

「いいよ」

そう言うと、駿はとびっきりの笑顔をくれた。


夕暮れの公園に人の姿はなかった。

住宅街のはずれにある小さな公園に来たのは初めて。遊具はブランコと砂場しかなく、あとはベンチがふたつあるだけ。

さっきから駿は隣に座り、スマホをいじくっている。どうやらゲームをしているらしい。

冷たい風は、まだ冬のにおいがしている。

指先とつま先が冷え、一緒にいるのにひとりぼっちの気分になる。

恋は不思議。二年間、会話らしい会話もなかったのに、今日だけでたくさん話ができている。

それなのに次を求めてしまうなんて、贅沢でわがままなこと。

スマホをポケットにしまい、

「寒い?」

と、駿が私の顔を覗きこんだ。

瑠奈ならどう答えるのだろう。

「少し」

そう言うと、口から白い息が魔法のように生まれた。

駿が長い腕を伸ばし、私の肩を抱いた。

「俺が温めてあげる」

「え?」

「少しだけでいいからさ。こんなチャンス滅多にねえし」

駿と瑠奈。ふたりはお似合いなのに、この二年間、進展はしていなかった。

それは駿がそこまで瑠奈のことを好きじゃなかったから？

入れ替わった私のことを好きになってくれたから？

だったら私も自分の思ったまま行動したっていいよね……？

「うん」

もう由衣のことはどうでもいい。

学校で新しい人間関係を築くことはないと思っていたけれど、これからは一軍女子として立ち回っていこう。

髪の色も変えたし、あとはメイクとファッションをがんばるだけ。

そしていつか、駿に告白を――。

「キスして、いい？」

ささやくような駿の声が思考をストップさせた。

見ると、駿は真剣な表情をしている。

キスってキスのこと……？

考える間もなく、砂利を踏み鳴らして立ちあがっていた。

「あ、ごめん。イヤとかそういうことじゃなくて……」

「じゃあ、なに？」

駿も立ちあがる。

怒ったのかな、という予想に反し、駿はさみしそうに笑っていた。

なんで逃げてしまったのだろう。だけど、いきなりキスは違うと思う。

「なんていうか、その……告白とか……まだだし」

「俺は何度も告白してるけど？」

「え？」

「あれはなかったってことか」と、駿が肩をすくめる。

「毎回断られてきたけれど、やっとふたりで出かけてくれたからOKしてくれたもんだと思ってた」

駿は巻いていたマフラーをほどき、私の首にかけてきた。彼のやわらかいにおいが私を包みこんだ。

「じゃあ改めて次のデートで告白するから。今日はここで終わりにしとくわ」

「あ、うん」

「またな」

冷たい風がセットした髪を乱していく。

駆け足で去っていく駿の姿は、夕闇にまぎれ影絵へと変わる。

入れ替わりにより私の行動が変わったせいで、関係性も変化している。それはいいことなの、悪いことなの？

私は駿のことが好き……だと思う。駿も同じように好きでいてくれている。

でも、駿にとって私は瑠奈という存在。今の私を好きなんじゃなく、その瞳は過去の瑠奈を見ているのかもしれない。

そして、瑠奈は駿の告白を断り続けていた。

三人の矢印は、それぞれ違う方を指している。

その事実に、胸がざわざわと音を立てた。


家に帰ると、お母さんは私の髪を見てため息をついた。

お父さんは先に夕飯を食べていて、同じように私を見て「ああ」と首を横にふる。

気づかぬふりでテーブルについた。

今日の夕飯はとんかつ。運ばれてきた皿には大量のキャベツの千切りも添えてあった。半分……いや、三分の一くらいで我慢しなきゃ。

「今日だけの友だち、じゃなかったの？」

お母さんが感情のない声で言った。

「なにそれ」

「前にメイクしてきたときに、愛優がそう言ったんじゃない。なのにどんどん派手になって、そんな髪の色にまでしちゃって……。自分がなにをしてるのかわかってるの？」

　昔から本気で怒ると、こんなふうに冷静で静かな声になる。覚悟はしてたけれど、そうとう怒っているようだ。

　お父さんも同じ意見らしく、

「もとに戻しなさい」

　と、そっけなく言った。

「お母さん今からドラッグストアで黒髪戻しを買ってくるから――」

「戻さないよ」

　そう言うことだけは決めていた。

　箸を置いたお父さんが、「愛優」と低い声で私の名を呼んだ。

「お前は不良とつき合ってるのか？」

「違う」

「じゃあなんでそんな風になったんだよ。そんなのちっとも愛優らしくないだろ」

　またそれだ。すうと息を吸ってから、お父さんの目を見た。

「私らしく、ってどういうこと？」

　この質問も二度目。前回は自分でも答えがわからなかったけれど、今の私ならわかる。

「それは、前みたいな――」

「私のなにを知ってるの？　前の私がどんなふうに毎日を過ごしてたか知ってる？　黒髪のノーメイクで、学校ではたったひとりの友だちとだけ話して、ほかの子からは陰口をたたかれる。それが前の私」

目を見開いたままお父さんがフリーズした。

お母さんが「愛優」とまた私の名前を呼んだ。

「学校でいじめられてたの？　そんなことひと言も言わなかったじゃない」

「いじめられてない。ただの陰キャ。クラスでは三軍にもなれないエキストラみたいな感じ。だけど、やっと私をわかってくれる友だちができたの」

言いながら違和感を覚えた。

それがなんなのかわからず、「だから」と強引に自分を奮い立たせた。

「前よりもずっと毎日が楽しいの。今日だって友だちと美容室に行ったりテスト勉強をしたり。やっと私らしさがわかってきたところなの」

カシャンとお母さんが乱暴に箸を置いた。

「いい加減にしなさい。いじめられてないなら前のままでいいじゃないの。そんな髪の色にさせるような子、本当に友だちだって言えるの？」

冷静な言い方のぶんだけ腹が立つ。

「うざ……」

「愛優！」

お父さんが大きな声を出しても関係ない。子どもの願いが叶ったことをよろこべないなんてひどすぎる。

「ほっといてよ！」

勢いそのまま、家を飛び出した。

公園にいたときよりも激しく吹く風に、髪はもうぐちゃぐちゃ。

とても戻る気にはなれないし、戻ったところでキッチンには行けない。

このままコンビニにでも行こう。

歩きだしてしばらくすると、向こうから見慣れた人影が近づいてきた。

上下トレーナーを着た颯太の手にはコンビニの袋がぶら下がっている。

「うわ、愛優？　すごい偶然」

「そうでもないでしょ。家が近所なんだし」

「不機嫌ってことは親とケンカでもしたか」

瑠奈と入れ替わってからはあまり話せてないけれど、昔から知っているからすぐに感情がバレてしまう。

「颯太はコンビニ？」

「最近やたら寝てばっかでさ。今日も一日寝てた。これは夜食」

ひょいとコンビニ袋を持ちあげた颯太が、私の髪に目をやった。

「髪、染めたのか？」

「あー、うん。莉子と一緒に美容室にね」

乱れた髪を整えていると、

「そのあと、駿に会ったんだろ？」

意外なことを言ってきた。

「そうだけど、なんで知ってるの？」

「駿からの電話で起こされたから。寝起きにあのテンションはきつかった。うまくいきそうなんだって？」

また違和感がお腹のあたりで生まれた。

それがなぜかを知るのが怖くて、

「どうだろう。わかんない」

首を横にふった。

「そっか」

「うん。じゃあね」

歩きだせば、夜の空にすごい速さで雲が流れている。

風が吹く。私の心を冷やすように、責めるように。

駿を好きな気持ちに変わりはない。だけど、違和感を拭い去ることができない。

「愛優」

ふり向くと、颯太はさっきの場所にまだ立っていた。

「ひとつ聞いていい？」

「いいよ」

しばらく黙ってから颯太は言った。

「君は、いったい誰なの？」

「……え？」

「不思議なんだよ。俺は瑠奈と幼なじみなんだけど、住んでる場所がけっこう離れてる。逆に愛優とはこんなに家も近いのに、幼なじみじゃない」

なんて答えていいのかわからずに、「えっと」と口のなかでモゴモゴつぶやく。

「さっきも、すぐに親とケンカしたってわかった。愛優の親に会ったこともないのになんで？」

「さあ……」

颯太はゆっくりと右手の人差し指を私に向けた。

「ひょっとして、瑠奈と入れ替わってたりする？」

天気の話でもするように、軽い口調で颯太は言った。

第4章

だんだん消えていく

期末テストがはじまると、昼休みに集まることが減った。

みんな自分の席で次の時間のテストの予習をしていて、たまに思い出したようにひとつふたつ会話が交わされるだけ。

ここのところ、ずっとみんなと一緒に過ごすことが多かったので、少しホッとしている自分がいる。

莉子や佳澄たちといると楽しいけど、女子同士はお互いのチェックをするのが日課。頭の先からつま先まで気を使っていなくてはならず、今朝は莉子に『そんなダサいハンカチ持ってたっけ?』と言われてしまった。

洋服も買ったばかりだし、貯金も底をつきかけている。お母さんからは『メイク道具を買うならおこづかいはあげない』って言われたし……。

頬杖をついて瑠奈を見る。

ねえ瑠奈、あなたはこんなに大変な毎日を過ごしてたの?

髪をセットするために早起きして、メイクもして、夜はスキンケアをしなくてはならない。登校したらしたで、いろんな人にチェックをされて、まるで毎日がオーディションだ。

お姫様になるのって、想像していた何倍も大変なことなんだね……。

由衣の机から消しゴムが転がり落ち、私の足元で止まった。気づいてないらしく、由衣はいつものように体を小さくして勉強をしている。

体を折って手を伸ばすのと同時に思い出す。

『話しかけないで』って言われたんだっけ……。

だからって無視することはできない。

消しゴムを拾ってから、

「由衣」

と声をかけた。

ふり向く由衣は、やっぱりイヤそうな表情を浮かべている。

入れ替わりをしていちばん悲しいのは、由衣と話せなくなったこと。あんなにいつも一緒にいたのにな……。

「消しゴム、落ちてたよ」

消しゴムを渡すと、由衣はお礼も言わず前を向いてしまった。

体全体で拒絶されているみたいだ。

——陰キャのくせに。

じわっと生まれたのは怒りの感情。

なにもしてないのになんで嫌われなくちゃいけないの？

ううん、違う。私はこの数週間ずっと努力してきた。

見た目だけじゃなく勉強もがんばったし、瑠奈みたいに誰とでもにこやかに話せるように意識してきた。

なにもしてないのは由衣のほうなのに、あからさまな拒絶は納得がいかないし、イヤな気持ちにもなってしまう。

「あ……」

そこまで考えて、違うと気づいた。

入れ替わりを望んだのは私であり、由衣がそれを望んだわけじゃない。

瑠奈とうまくいってるなら、由衣にとっての学校生活はなにも変わっていない。

見た目が近づくほどに、どんどん心のなかが醜くなっていくようだ。実際の瑠奈はそうじゃなかったのに、やっぱりムリしているのだろうか。

気がつくと由衣はまた瑠奈の席へ行ってしまった。私には見せない穏やかな表情でなにか話している。

「ふわ！」

ヘンな声をあげ、颯太がガバッと体を起こした。

なぜか颯太は中腰で瑠奈を見て「おお」と言った。

「どうかした？」

「いや、またヘンな夢見てさ……」

「夢？」

ひと目でわかるほど顔色が悪く、こんなに寝てるのに目の下にはクマが濃く現れている。

「悪夢ばっか見るんだよ。マジで冬眠したいレベルだわ」

「一度病院に行ったほうがよくない？　病院嫌いなのはわかるけど、ちゃんと診てもらったほうがいいよ」

「あー、たしかに」

昔から颯太は病院が苦手。診察とか注射が、というわけじゃなく、あの雰囲気が耐えられないそうだ。

「心配してくれてサンキュ」

そう言うと、瑠奈の席へ行ってしまった。

以前の颯太はクラスメイトと均等に話をしていたのに、最近は瑠奈とばかり。由衣も前ほどイヤな顔をせず、三人でいるのをよく見かける。

この数日は颯太の言動を漏れなくチェックしてしまう。

もちろん恋をしているわけじゃなく、この間言われた言葉が原因だ。

『ひょっとして、瑠奈と入れ替わってたりする？』

なんで颯太は気づいたのだろう。

魔法が解けてしまうのが怖くて、『そんなわけないでしょ』ってごまかすのが精いっぱいだった。

幸いそれ以上追及されることもなく、今日に至っている。

瑠奈がうれしそうに颯太と話している。

地味な見た目になっても瑠奈はまだきれいだ。うれしそうに話す颯太を見ていると、なんだか胸のあたりがモヤモヤした。

「あーもう最悪」

いつもの口ぐせと同時に莉子がうしろから抱き着いてきた。ちょうど同じ気分だったので、代弁してもらった気分だ。

「今日だけで三回目の最悪じゃない？」

「そんなに言ってませんー。てか聞いて、イヤなことばっか起きるんだよ」

莉子とも自然に話ができるようになった。

私よりも何倍も美を追求している莉子。いろんなアドバイスをもらえるし、私がネットで調べたことを話すとよろこんでくれる。

莉子は努力の人。美しくなるために、日々がんばっているのは素直にすごいと思う。

「で、なにが最悪なの？」

「歴史の年号がぜんぜん覚えられないの。だいたい昔のことを覚えてなんの意味がある の？　美容とかファッションを授業に取り入れたほうがよっぽど役に立つと思わない？」

アニメ声のせいかどんな文句もかわいく聞こえてしまう。

「たしかに。それなら莉子は満点だね」

「でしょー。それに制服だって廃止すべきだと思う。こんなの着てるから流行りの服がわかんなくなるんだよ。そもそも似合ってない子が多すぎ」

毒舌なのはあいかわらずだ。

莉子は「ほら」と瑠奈の席をあごで指した。

「せっかく似合うのにあのへんの子たちってちっとも努力してない。それでいいの？」

「なんで私に聞くのよ」

「瑠奈の髪って、あんなにボサボサだったかなって」

あんなに輝いていたキューティクルはどこへ消えてしまったのだろう。ひとつに結んだ髪は、ここから見ても手入れしていないのがわかる。

「ボサボサは言いすぎ」

「そんなことないって。前はもう少しマシだったのに」

ブラッシングを怠らない莉子の髪はつい触りたくなるほどきれいだ。

「莉子が言ったから黒色に戻したんでしょ。そのせいで髪が荒れちゃったんだよ」

莉子が体を離し、「なんでよ」と当たり前のように由衣の席に座った。

「あたしは愛優のために言ったのにひどい」

「私のため？」

「あー……なんていうか、あたしたちのためって意味。だって、この髪色はきれいになることを努力している人の色なんだから」

ツンとあごをあげた莉子が、また「はあ」とため息でしおれた。

「こんだけ努力してんだから、あたしを好きになってくれる人が現れないかなあ」

「莉子は好きな人いないの？」

「いないし、つくらない。自分から好きになる恋はしないの。あたしを好きになってくれる人で、イケメンで性格がよくて、お金持ちの人を好きになることに決めてるんだもん」

莉子らしい恋の仕方に思わず笑ってしまった。

「てかさ」と莉子が顔を近づけてきた。

「学校で恋バナはしない約束でしょ」

「……ごめん。そうだったね」

驚いていることがバレないように、なんとかそう言った。

たしかにこれまでも恋愛関係の話をすることはなかった。そういう取り決めをしてたんだ……。

「ま、今のはあたしが悪い。自分で話をふっちゃったし。ねえねえ、ふたりだけの作戦会議、最近してないよね。テスト終わったらやろうよ」

「だね」

――作戦会議。

そういえばカラオケでもそんなことを言ってた。

駿にキスされそうになったことは話してない。黙ってふたりきりで会ってたことを知ったら莉子は怒るに決まっている。

「カスミンや凛には内緒だからね。女子同士とはいえ、スキは見せたくないから」

人差し指を立てる莉子に、神妙な顔でうなずく。

観察してみてわかったことは、学校では四人組だけど、家に帰ってからのやり取りは莉子とだけ。グループLINEはたまに更新される程度だ。

佳澄と凛もお互いに連絡を取っているらしく、会話のはしっこに私たちが知らない話題が出ることもあった。

表向きは仲良しでも、内部ではふたつのグループにわかれていることを知った。

莉子と入れ替わるように、教室に凛が入ってくるのが見えた。

凛は珍しく席で勉強している駿に声をかけると、ふたりで私の席へやってきた。

「困ったことになりました」

「どうしたの？」と、莉子が尋ねるが視線は私に向いたままで、難しそうな顔を崩さない。駿はなにも聞いてないらしく、私に首をかしげてくる。

「それが」と凛が私と駿を交互に見てから顔を近づけてきた。

「今度、うちの高校の公式サイトがリニューアルするんですけれど、学生モデルにおふたりが推薦されたんです」

声を潜《ひそ》める凛に、駿が「うお！」と大きな声をあげた。

「マジで？　やったな！」

「お静かに。まだオフレコですから」

「あ、悪い。でもさ」と、駿も小声になる。

「すげえことじゃん。今のサイトって写真だけじゃなく動画も撮るんだろ？」

「学校の施設紹介とかも載せるそうです。春休みに撮影することになるけど大丈夫ですか？」

凛が私に視線を合わせた。

「イヤだったら断ってもかまいませんので」

私が答える前に駿が肩を抱いてきた。

「断るかよ。学校代表みたいなもんだろ。受けるにきまってるよな?」

「あなたにではなく、愛優に聞いてるんです」

凛が髪をうしろに流しながら言った。

どうしよう……。うれしいはずなのに、目立つことに慣れていないせいで即答できない。

「いいから受けろよ。で、撮影はいつ?」

強引にことを進める駿に、勇気をふりしぼって首を横にふった。

「あの……ちょっと考えさせて」

「マジかよ」

天井を仰ぐ駿から凛に視線を移す。

「ゆっくり考えてください。ただし、この話は誰にも言わないでくださいね」

凛が席へ戻っていった。

椅子を動かすと、やっと駿は肩に置いた手を離してくれた。

「じらすねえ。どうせ受けるんだろ?」

カカカと笑ってから、「なあ」と駿が声を潜めた。

「テスト終わったあとの土日、どっちかで会わない？」

小声で駿がそう言った。

「土日……うん。わかった」

「じゃあ日曜日にしよう。また連絡するから」

耳元でささやいたあと、駿は席へ戻っていく。

あのデートの翌日も、駿から『テストが終わったら会おう』と言われていた。きっと告白をするつもりなんだろう。

うれしいはずなのに、今日まで返事を先延ばしにしてきた。

考えるとわからなくなる。駿はこれまで何度も瑠奈に告白していた。

ということは、駿が好きなのは私じゃなく瑠奈のほう。

入れ替わりに気づいてないから、私を好きだと錯覚しているだけ。

だけど、それ以前に自分の気持ちが行方不明になっている。

教室にいても最近は駿のことを目で追わなくなった。話しかけられれば普通に会話はするけれど、彼の些細な言動が悪い意味で気になっている。

今もクラスメイトの男子の教科書をわざと伏せてみたり、お弁当のおかずを揶揄《やゆ》している。

——私は、本当に駿のことが好きなの？
考えたくなくて、最近は勉強に没頭している。
チャイムに紛れてため息をこぼしても、重い気持ちは消えてくれない。

＊＊＊

雨が降っている。
暗い歩道にたたずみ、私は泣いている。
なにが悲しくて泣いているのかわからない。
ざぶんざぶんと悲しみの波に襲われ、暗い場所にひとりぼっち。
早くこの夢が終わればいい。
そう祈るのと同時に、これが夢であることを知った。
夢の終わりはまだ訪れない。
雨はさっきよりも強く、歩道を叩いている。

＊＊＊

テスト最終日は午前中で学校が終わる。

クラスメイトは解放感を胸に教室から飛び出していく。

「帰らないの？」

佳澄が通学バッグを手にやってきた。

「莉子が職員室に行っちゃったから待ってるとこ。髪色、少し戻したんだね」

「そうなんだよ。赤ジャージのヤツ、『親に連絡するぞ』って脅しやがって。マジでだるい」

「でも、似合ってるよ」

これくらいの茶髪のほうが佳澄はかわいい。

「それって前に言ってたネコみたい、って言いたいんでしょ？」

「うん。すごく似てる。余計に佳澄がかわいく思えちゃう」

「なんだっけ？　メンマ丸？」

「メンマだよ。不思議なネコでね、道に迷ったら迎えにくるし、家のカギをなくして泣いてたら捜して持ってきてくれたこともあるんだよ」

メンマのことを思い出すと、懐かしさと同時に胸が苦しくなる。それは、メンマが車に撥《は》ねられた日のことを思い出してしまうから。

「それって記憶の改ざんじゃね？　空想と現実がごっちゃになった、みたいな感じかもよ」

「そうかも。でも、この髪色は現実」

髪を指さすと、佳澄はおかしそうに笑いながら由衣の席に腰をおろした。

「そういえばさ、最近の愛優、なんか前と違くね？」

「そう？」

胸がドキッとするのを我慢して、平然と聞き返した。

「急に髪を黒くしたときにはどうしようかと思ったもん」

「あれは気まぐれ。そんな気分になっただけだよ」

「話す内容もちょっと違うっていうか。前はうちらのこと、いろいろ仕切ってたけど、最近はそうじゃないでしょ。凛も同じこと言ってた」

これはマズい、と背筋を伸ばした。どんな言い訳をしようか考えていると、佳澄が
「へへ」と急に笑った。

「正直に言うとさ、今のほうが話しやすい気がしてる。ほら、前って完璧すぎるリーダーって感じだったし」

そうなんだ、と驚く。やっぱりはたから見ているだけではわからないことってある

んだな……。

佳澄が帰ったのでスマホを開いた。駿からのメッセージが届いている。

【日曜日　11時に駅前で】

なぜか躊躇《ちゅうちょ》してしまい、返信を打つことができない。

駿が好き。この一年、彼と話せたらどんなに幸せかと想像ばかりしてきた。

――だけど。

カフェに行ったときは、ひとりでさっさと店内に入っていった。

由衣のことを『陰キャ』だと言った。

一緒にいてもスマホのゲームに熱中していた。

いきなりキスしようとした。

公式サイトのモデルのことを強引に進めようとした。

同級生をからかって笑っていた。

知れば知るほど、思い描いていた理想の人から離れていく。

そんなことない、と言い聞かせても、想いはまるで砂の城。押し寄せる波に崩れていくのを見ていることしかできない。

駿が悪いわけじゃない。ろくに話したこともない私が、勝手に彼のイメージを作ったせいだ。

「どうしよう……」

あさって、駿に会って告白されてもうなずく自信がない。

このあと莉子と例の『作戦会議』をするから、そのときに相談してみようかな……。

外には帰宅する生徒が見える。空には薄い青空と低い位置で光る太陽が。

目を閉じれば、なぜか颯太の顔が浮かんだ。

「なんで颯太なのよ」

もうとっくに帰った颯太の席をにらみつける。

そういえば入れ替わりが起きたころから、颯太の様子がおかしい。これまで以上に眠気に支配され、悪夢まで見ているようだ。

ふいに昨夜見た夢が頭に浮かんだ。普段夢を見ない私にしては珍しい出来事だった。

けれど浮かびかけた夢の世界は、すぐに消えてしまいなにも思い出せない。

この入れ替わりも夢だったらいいな……。

瑠奈になりたいと願ったけれど、実際になってみると想像以上に大変だ。

もちろんこれまで知らなかった世界を体験できてうれしいけれど、常に気を張っているせいで少し疲れている。

いつの間にかうつむいていたらしく、

「愛優」

と名前を呼ばれハッと顔をあげた。

莉子が教室に入ってきた。

「お疲れさま」

声をかけると同時に違和感に気づく。莉子の表情がいつもより暗い。

莉子は私の前までくると、口を開いた。けれど、すぐにキュッと閉じてしまう。

「え、どうしたの……？」

長い髪を指でなぞりながら、莉子がため息をついた。

「あたし、愛優のことがわかんない」

「え、どういう……」

「職員室で先生に『公式サイトのモデルにならないか』って言われたの。愛優と駿がメインで、あたしは部活紹介の動画の担当だって」

硬《かた》い声は間違いなく私を責めている。

「ごめん。オフレコって話だったし、それにまだ受けてないよ」

「知ってる。先生も、まだ愛優の返事待ちだって言ってた。もし愛優が断ったらあたしがメインになるって」

「そうなんだ。私、たぶん断ると思うから――」

「あのさっ」

莉子が私の話を遮るように声を荒らげた。

「あたし知ってるんだよ」

「……え、なんのこと？」

「駿とデートしたんでしょ？　で、今度の日曜日にも会うんでしょう？　駿が『内緒だぜ』って教えてくれたの」

潤んだ目で私をにらむように見てくる莉子。

「え……違う。それだってまだ決まってないから。そのことを莉子に相談しようと思ってたんだよ」

必死で言い訳をしながら、頭のなかがどんどん混乱していく。

どうして莉子が怒るのかがぜんぜんわからない。

「前の愛優なら、駿とデートなんか絶対にしなかったし、する前に相談してくれてた。ううん、相談しなくてもそっこうで断ってたはず。だって駿だよ？　なんのためにこれまで断り続けてたの？　作戦はどうなったの？」

「莉子……」

「あたし、愛優のいちばんの友だちだって信じてた。なのに、最近は知らないことばっかり。髪を変えたりメイクをしてこなかったり、神社で飼ってた野良ネコのことだって知らなかったし」

力尽きたように両手をパタンとおろし、莉子は通学バッグを手にした。

「ごめん。あたし、ヘンなこと言ってる。今日は帰るね」

踵《きびす》を返す莉子が、一瞬足を止めた。

教室のうしろのドアにいつの間にか颯太が立っていた。

「盗み聞きしないでよね」

「聞いてねえよ。そっちこそ公共の場でケンカすんな」

「ケンカじゃないもん。颯太のバカ」

さっきよりも明るい声でそう言うと、莉子は教室を出ていってしまった。

……どうしよう。

今さらながら知る真実に微動だにできず、机とにらめっこをする。

瑠奈が駿の告白を断っていたのは、莉子のためだったんだ。

きっと莉子は駿に片想いをしていて、瑠奈は協力していた。だからあんなに怒ってたんだ。ちょっと考えればわかることなのに、なんで気づかなかったんだろう……。

「愛優」

でも待って。前に莉子は『自分から好きにはならない』って言ってたはず。

「なあ、聞いてる?」

自分を好きになってくれる人でイケメンでお金持ち、という条件を口にしていた。

あれは駿への気持ちをごまかすためのウソだったの？

「おーい、麦野愛優！」

急に大きな声で呼ばれ、「ひゃ」と悲鳴が漏れてしまった。

見ると両腕を組んだ颯太が私を見下ろしている。

「ビックリした……」

「教室そろそろ閉めるってさ」

「あ、うん」

のろのろと立ちあがり廊下に出る。

昇降口まで隣に颯太がいることにも気づかないほど、頭がジンとしびれていた。

外に出ると冬の太陽がやけにまぶしくて足が止まってしまった。

「大丈夫？」

幼なじみの颯太は、子どものころによく私を心配してくれていた。

でも、今の私は愛優じゃなくて瑠奈。

ううん、お姫様になりたかったのに、うまく変身できなかった見習いの魔女だ。

「大丈夫じゃない」

「へ？　愛優がそんなこと言うなんて珍しい」

フンと鼻息を吐いた颯太が、私の背中をポンと押した。

「話したいことがあったら話してみたら」

「話したいこと……」

校門を出たところで、ハッと我に返った。

「そういえば、聞きたいことがあるの」

「どうぞ」

仰々《ぎょうぎょう》しく手のひらを表に向ける颯太に、ずっと気になっていたことを聞くことにした。

「前に言ってたよね。『君は、いったい誰なの』って」

歩きだす颯太の横に並ぶけれど、

「そうだっけ？　覚えてない」

とごまかしている。

「言ったよ。『ひょっとして、瑠奈と入れ替わってたりする？』って聞いてきたじゃん」

冷たい風に目が覚めていくみたい。

幼なじみだからこそ颯太は違和感を覚えたのだろう。それに颯太は瑠奈とも仲がいい。

私が瑠奈のポジションで生きていくためのヒントがほしい。もっと瑠奈らしくなれば……。

「あのときはそう思っただけ。まさか、本当に入れ替わってんの？」

なんだ、と肩の力が抜けた。気づかれていたわけじゃないんだ……。

「そんなわけないでしょ。でも、なんでそう思ったの？」

「大事なのはそのことじゃないだろ？　莉子と仲直りしないと」

「わかってるよ。でも、どうやっていいかわかんないの」

文句を言いながら、ふと前はこうやってケンカみたいな会話をしていたことを思い出した。

「物事は難しく考えるほどに本当の答えが見えなくなる。もっと単純に考えればわかるだろ？」

「……うん」

「そんな顔すんなよ」

颯太が私の顔を覗きこんだ。

「謝ればいいじゃん。で、莉子の本当の気持ちを聞いてみる。ほら、単純だろ？」

「……そうだね」

莉子に会いに行ってみよう。今からなら追いつけるはず。

「ありがとう。たしかに単純な話だった」

「だろ」と、得意げに笑ったあと、颯太はあくびをした。

「そっちこそ病院嫌いとか言ってる場合じゃないでしょ。単純に考えると受診するのがいちばんだよ」

「やられた」

おどけてみせる颯太。寝不足のせいでひどい顔をしている。

「毎日ヘンな夢ばっか見るってヤバいよな。医者になんて話していいのかもわからないし。でもまあ、アドバイスに従うよ」

ふいに、また昨日の夢が脳裏に浮かんでくる。水面に向かって上昇する記憶が、途中で泡になり消えた。

「ありがとう。行くね」

「おう」

莉子の家があるのは駅裏だということは知っている。

不思議だ。走りながら頭のなかが整理されていく。

莉子が怒った原因も今ならわかる。いちばんの親友になにも話してなかったから怒るのも無理はない。

そう考えると、私はいつも鎧《よろい》を身に着けていたのかもしれない。由衣とだって、今ならもっと素直に話せるかもしれない。

遠くに莉子のうしろ姿が見えた。小股でゆっくり歩く莉子。

大声で名前を呼ぶことに、なんのためらいもなかった。


ポトリと莉子の指からポテトが落ちた。

私を見つめたまま、莉子の時間は止まっている。

モーストバーガーはオープン直後ということもあり混んでいて、隣では別の高校の男子生徒が笑い転げている。

「え……今、なんて言ったの？」

眉をひそめる莉子。さっき大声で呼んだときも同じ顔をしていた。

「瑠奈と入れ替わったの」

「……どういう意味？」

「前は今の瑠奈みたいに目立たない存在だったんだけど、急に瑠奈のポジションになったんだよ」

語彙力の低さに自分でもうんざりする。

案の定、莉子は「は？」といつものアニメ声からは信じられないほど低い声になった。

「バカにしてんの？」

「してない。莉子にすべて話したいと思ったの。急に黒髪になってメイクをしなかった日、あったでしょう？　あのときに入れ替わったんだと思う」

颯太の言ったように物事を単純に考えるならば、莉子に洗いざらい話してしまうのがいちばん。

納得させられる自信はないし、嫌われてしまうかもしれないけれど、真実を話すべきだと思った。

さっき落としたポテトとは違う一本をつまんだ莉子が、「んー」と上下に揺らした。

「たしかにあの日の愛優はおかしかった。でも、入れ替わったなんて、アニメの世界じゃん」

「自分でもそう思う。でも、これが答えなの」

思いつく限り起きた出来事を話した。

時系列なんて気にしてられず、話はあっちに行ったりこっちに行ったりした。催眠術でもかけるように、莉子はポテトをぷらんぷらんと揺らし続けている。

ようやく話し終えると、莉子は「うーん」と再び眉をひそめた。

「あの瑠奈が一軍だったなんて信じられないけどね。だって瑠奈だよ？　あたし、努力をしない女子って大っ嫌い」

ポテトを噛み切った莉子が、改めて私をジロジロと見てきた。

「でもまあ、愛優が陰キャだったってのは少しだけ納得。だって、最近の愛優は前みたいにキラキラしてないし」

うんうん、と自分の言葉に納得するようにうなずく莉子。

「瑠奈は輝いてたもんね」

「瑠奈？　入れ替わったのが本当のことなら、愛優が瑠奈だったってことなんだね。ああ、ややこしい」

「ごめん」

しょげる私に、「とにかく」と莉子が言い切った。

「前の愛優は『先天的一軍』だったの」

「……どういうこと？」

莉子は唇を尖らせたあと、納得したようにうなずいた。

「愛優は覚えてないってことか。よく愛優……前の瑠奈に言ってたんだ。輝くために努力した『後天的一軍』のあたしと違って、瑠奈はもとからキラキラしてた。髪型を変えるだけでお人形さんみたいにかわいくなったし、メイクをしたらモデルみたいにきれいになった。先天的に輝いている人、それが『先天的一軍』なの。ま、本人は否定してたけどね」

はあ、とため息をつくと莉子はテーブルに頰をつけた。

「信じられないけど、不思議と胸がスッとした」

「うん。さっきはごめんね」

「覚えてないんだからしょうがないよ。って、まだ信じたわけじゃないけど」

髪をかきあげる莉子はかわいい。もともと美人だと思っていたけれど、本人が言うことが本当ならば、そうとう努力してきれいになったのだろう……。

「瑠奈は入れ替わったことを覚えてないの？」

「さりげなく聞いたことはあるけど、覚えてないみたい」

「おかしいよね。もしも瑠奈の性格のまま今のポジションに落ちたなら、絶対に這《は》いあがってくるはずだけど。性格まで変わったってことかなあ」

『落ちた』という言葉が胸に突き刺さった。でも、今はそんなことを気にしている場合じゃない。

「あのね、莉子……」

「うん」

「聞きたいことがあるんだけど、教えてもらっていい？」

隣の男子が「うおおお」と声を揃えて盛りあがっている。迷惑そうに視線を向けたあと、莉子はうなずいた。

紙コップのウーロン茶で唇を湿らせてから口を開く。

「莉子は……駿のことが好きなの？」

なにも答えない莉子に、「だってね」としどろもどろになりつつ続ける。

「瑠奈はずっと駿の告白を断ってきたんだよね。それって莉子に遠慮して……って言い方が悪いけど、そういうことなのかな、って……。ほら、作戦って言葉を莉子はよく口にしてたし……」

「もしそうだったらどうするの？」

なぜか莉子はニヤリと口のはしをあげた。

すべてをさらけ出す覚悟ができた今、気持ちを言葉にすることにためらいはなかった。

「私……ずっと駿のことが好きだったの。ほとんど話をしたことがないけど、片想いをしてた。でも、瑠奈の立場になって気づいたの。ただあこがれていただけで、好きではなかったってことを」

違うな。好きだったけど、今はもう好きじゃない、のほうが適切かもしれない。

莉子は納得したようにうなずくと、ポテトの先っぽを私に向けた。

「言ったはず。あたしはあたしを好きになってくれる人がタイプなの。もちろんイケメンでやさしくって高身長で次男、それにお金持ちであることが前提だけど」

なにげに条件が増えているが、ウソはついていないように思える。

「つまり駿のことはなんとも思ってないってこと。あいつ自分勝手だし、俺様じゃん？　モテてるみたいだけど、つき合うとめんどくさそう」

「本当に？　じゃあどうしてこの前は……」

放課後の教室で莉子は本気で怒っていた。だからてっきり駿が好きなんだって思いこんでしまった。

「あたしが怒ったのはそうじゃなくって、愛優が自分の気持ちをごまかしてるから。ずっと協力してきたのにそれはないよ、って思ったの」

「私の気持ち……つまり瑠奈の気持ちってことだよね？」

呆《ほう》けたように口を『あ』の形にした莉子が、グッというなにかが詰まったような音を出した。

「そっか。じゃあ瑠奈はきっと今も……」

「今も？」

両手を口に当て、莉子は首を横にふった。

「これ以上話しちゃうと瑠奈に悪いから言わない。だって、今の愛優は前の愛優じゃないんだもんね。駿以外に誰か好きな人はいるの？」

颯太のことがまた頭に浮かんだ。病院にちゃんと行ってるのかな。今日は悪夢を見なければいいな……。

「じゃあ駿とつき合ってみたらいいじゃん。だって前の愛優は今の瑠奈——ああ、ややこしすぎ」

「いないよ」

ひょっとしたら信じてくれたのかな……？

莉子も同じことを思ったらしく、しばらく黙ってから尋ねた。

「愛優はもとに戻りたいって思ってるの？」

「うまく言えないけど、今の私は私らしくない気がする。でも、戻りたくない気持ちもある。莉子とも話ができるようになったし」

「前の愛優は好きじゃなかった。でも、今の愛優は好き」

「私も前の莉子は怖かったけど、今の莉子は大好き」

そう言うと、莉子は「うお！」と隣の男子に負けないほどの声をあげた。

「あたし怖くなんかないもん」

「そうだよね。思ったことを正直に言ってるだけだと思う。でも、目立たない私からすれば怖かったんだ」

莉子にこういうことを言える日がくるなんて思ってもいなかった。

「たしかに強く当たってたかも。ごめんね」

すっかりしょげている莉子に、

「違うよ」

と、声をかけた。

「私が理解しようとしてなかっただけだよ。莉子のことを知ることができてよかった」

そう言ったあと、私たちはクスクスと笑った。

本当の友だちになれたみたいでうれしかったんだ。

第5章

みんな誰かを演じている

＊＊＊

空を切り裂くように雷が光った。
降りだした雨もかまわず、私は走り続ける。
息が切れても苦しくても足を止めてはいけない。
雨は激しさを増し、私を邪魔してくる。
また雷鳴がとどろき、ストロボのように一瞬だけ世界を明るくした。
あお向きで横たわる人が映し出された。
長い髪が扇状に広がっている。
「ウソ……」
かすれる声が自分のじゃないみたい。
そばまで行き、両ひざをついた。
その美しい顔が光に照らされる。
「瑠奈……ねえ、起きて」

どんなに揺すっても彼女は目を覚まさない。
――眠り姫は永遠の眠りにつきました。
違う。こんな結末、私は望んでいなかった。
「お願い、目を覚まして！　瑠奈っ!!」
泣きながら叫んでも、願いは届かない。
私のせいだ……。私が、瑠奈と入れ替わったせい。
責めるように、雨が激しく降り続いている。

＊＊＊

「どうかした？」
その声にハッと我に返った。
隣のベンチで駿がスマホゲームに視線を落としている。
そうだった。公園で駿と待ち合わせをしたんだった。
昨夜見た夢が何度もフラッシュバックして、ぜんぜん集中できない。
雨のなか、瑠奈が倒れていた。青白い顔が、雷で何度も照らされていた。

たぶん同じ夢を何度か見ている。

「ちょっと……考えごとしてた」

瑠奈の体に触れた感覚が、まだ指先に残っている。彼女の体は冷たくて、どんなに名前を叫んでも目を覚ましてくれなくて――。

「最近ぼんやりしてること多いよな」

駿がスマホから私に視線を移した。

「ひょっとして告られること、緊張してんの？」

「……どうだろう」

「なんだよそれ。やっとOKもらえるかもって張り切ってたのに」

何度も告白してくれたのに、瑠奈は断り続けていた。

最初はそれでもかまわないと思った。

瑠奈の立場になったんだから、片想いを両想いに変えられるって。

だけど、私は知ってしまった。あんなに好きだった気持ちが、もうここにはないことを。

「これ、返すね」

前に借りた茶色のマフラーを駿に渡す。

ちゃんと言わなくちゃ……。

「駿、あのね……告白はしないでほしいの」

「へえ」

駿はスマホのゲームをしながら答える。

「駿はやさしいしおもしろいけど――」

「待った」

話の途中で止められてしまった。

「そっからのセリフは聞き飽きた。何度フラれてると思ってんだよ」

「……ごめんね」

「謝られたって俺はあきらめねえけどな。愛優、よく言ってたよな？『どうせ叶《かな》わない恋だ』って」

莉子も同じようなことを言ってたっけ。思い出すのと同時に、長い腕で引き寄せられていた。

抵抗する間もなく、もう片方の手が私の髪をなぞる。

「ここに来たってことは、迷いがあるってことだろ？」

「やめて」

体をくねっても、強引に駿は顔を近づけてくる。

「だったら俺とつき合えよ。俺たちなら絶対にうまくいくって」

――颯太。

脳裏に浮かぶ顔は、やっぱり彼だった。

「やめてってば！」

勢いよく突き飛ばすと、あっけなく駿はベンチから転がり落ちた。

悪夢から目覚めたとき、すぐに相談したいと思ったのは颯太だった。

入れ替わってからいちばん悲しかったことは、颯太との距離がどんどん離れていくこと。

休み時間も瑠奈とばかり話す颯太を見ていて、やっと自分の気持ちに気づいた。

私は……颯太のことが好き。

「痛てぇ」

「あ、ごめん」

慌てて駿の手を引っ張りベンチに戻した。

「私があいまいな態度を取ったせいでごめんね」

駿はスマホが壊れていないか確認してから、「はは」と笑いだした。

「俺、カッコ悪。マジ落ちこむわ」

「あの……」

「これまでは秒でフラれてたから期待したんだけど、やっぱりムリか。強引にして悪かったな」
そう言うと、駿はマフラーを手にさよならも言わずに歩き出す。
中途半端な気持ちで会ったせいで、駿を傷つけてしまった。
……私はどうしたいのだろう。
入れ替わりが起きてから、新しい自分を知ることができた。
これまで苦手だった一軍メンバーとも親しくなれた。
そのうえで私が願うことは……。
「もとに戻りたい」
声に出してみると、これが自分の本音だとわかった。
メイクや服で着飾るよりも、ありのままで過ごした日々が愛おしくてたまらない。
ムリしているからきっと、あんな悪夢まで見たんだ。
「悪夢……」
思い出した。たしか颯太も悪夢を見ると言っていた。
──颯太にすべて話してみるのはどうだろう？
信じてもらえないかもしれないし、気持ちがバレる可能性は拭いきれない。
それでもなにかひとつでもヒントがほしかった。
スマホを開き、颯太へ電話をかける。

緊張が足元から這いあがり、心臓の音まで聞こえるような気がした。

久しぶりに来た颯太の家は、壁が白く塗り直されていた。

通学時には通らない道なので知らなかった。

ここに遊びにきたのは小学生までだから、五年は経っている。

ふたりで会うことを先に躊躇したのは私のほう。『なんで来ないの？』って不思議そうに尋ねる颯太を覚えている。

玄関のドアを開けたおばさんは、私を見ていぶかしげに眉をひそめた。

「あら……颯太のお友だち？」

瑠奈と入れ替わったことで、私の記憶は消えたらしい。

颯太に電話をしたところ、『起こしにきて』と言われてしまった。

どう説明していいのか迷っていると、

「悪い」

おばさんを押しのけて颯太が出てきた。

「ちょっと出てくる」

そう言うと、颯太は私を促すように歩きだした。

「突然ごめんね」

「こっちこそ誘ってくれてサンキュ。このままだと一日寝て過ごすとこだったわ」

笑いながらも歩幅を揃えて歩いてくれる颯太。

胸が――ずっと痛い。

寝ぐせのついた髪、着古したパーカーにさえも『好き』の気持ちがこみあがってくる。

こんなに長い間そばにいたのに、なんで今まで気づかなかったのだろう。

「話があるんだろ？　寒くないとこじゃないとな。そうだ、裏山って知ってる？」

山頂にお寺がある低い山のことを、私たちはそう呼び、放課後よく訪れていた。

「ううん。知らない」

知らないふりをした。颯太にとって私は幼なじみの愛優じゃないから。

「山っていっても丘みたいなもんだから、すぐに着くし、寺の休憩所が開放されてるから寒くないと思う。昔は瑠奈とよく遊んでてさ」

そう言ってから颯太は「ん？」と眉をひそめた。

「今日って駿に会ってるはずじゃなかった？」

「え……あ、うん」

「俺なんかといて大丈夫？　勘違いされたら困るんじゃない？」

颯太は歩くスピードを速め、山頂へと向かう。

他人行儀なのは仕方のないこと。

瑠奈はいいな。颯太の幼なじみとしてそばにいられるから。どの立場になっても、瑠奈にあこがれてばかりだ。

遅れないように坂道をのぼる。すぐ先に本堂が見えている。

昔はもっと高い山に思えたのに不思議だ。

「相談って、ひょっとして駿のこと？」

うしろ向きで歩きながら颯太が尋ねたので、首を横にふった。

「違うよ。夢のこと」

「夢？」

「最近颯太、悪夢を見るって言ってたよね。私もそのことで悩んでて――」

顔をあげると、颯太の頬がキュッと引き締まるのが見えた。

目線を左右に散らしたあと、颯太は「行こう」と再び歩きだした。

木製の門を抜けると、記憶のそれよりも小さくて古い本堂が現れた。手前にプレハブの建物があり、『休憩所』という手書きのプレートが地面に突き刺さっている。

なかに入ると暖房はないけれど、ずいぶんと暖かい。

四隅に置かれているベンチのひとつに座ると、颯太は正面に腰をおろした。

「愛優も悪夢を見てるってこと？　それっていつから？」

「はっきりと覚えているのは昨日から。でも、何度も見てるような気がする」

「どんな夢？」

身を乗り出す颯太の顔がいつにも増して真剣だ。

「すごく……リアルな夢なの。私は薄暗い街を必死に走っていて、雷がすごくって、雨もどんどんひどく――」

「マジかよ」

言葉をかぶせた颯太が、「あ、ごめん」と首を横にふった。

「え、ひょっとして……颯太の見ている夢も同じ内容ってこと？」

目が合うと同時に逸らされてしまった。

「同じかもしれない。雨の向こうに倒れている人がいてさ」

やっぱり同じ夢だ……。無意識に握り締めていた拳が自分のじゃないみたいに震えている。

「あお向けで倒れてるんだよね？　雷の光に照らされて……瑠奈だとわかるの。何度名前を呼んでも目を開けてくれなくって……」

けれど颯太はまた難しい顔に戻ってしまう。

沈黙が続いたあと、颯太が「ああ」とゆるゆる首をふった。

「わけがわからない」

「そうだよね。同じ夢を見ているなんて――」

「違う」

強い口調で颯太が言った。

「似ているけど少し違うんだ。俺があの夢を見はじめたとき、倒れていたのは瑠奈じゃなくて、愛優だったんだ」

「……私？」

そうだ、と颯太は何度もうなずく。

「状況は同じ。愛優がアスファルトの上に倒れてて、雨が顔に降り注いでる。俺は何度も名前を呼んで起こそうとするんだけど、目覚めてくれない」

教室で目覚めた颯太が、『大丈夫？』と聞いてきたのを思い出した。

眉間に深いシワを寄せた颯太が、しばらく沈黙してから「でも」と続けた。

「最近はヘンなんだ。倒れている人が愛優じゃなく瑠奈に変わった。状況は同じなのに、倒れている人だけが違うんだよ。わけがわからない」

ひょっとして……。ある考えが頭をもたげてくる。

言葉にしようとする前に、颯太が先に口を開いた。

「夢を見たくらいから、なんかヘンなんだよ。瑠奈が瑠奈じゃない気がして、愛優が愛優じゃない気がしててさ」

私にはその理由がわかる。

「昔から知ってるはずなのに、瑠奈が幼なじみと思えなくてさ。逆に高校で知り合った愛優のほうが昔からの知り合いのような気がしてた。おかしいだろ?」

「そんなことないよ」

「そんなことあるって。あえて瑠奈とばっかりしゃべってみたけど、やっぱりしっくりこないんだ。ふたりが入れ替わったのか、って本気で思ったりして、前に聞いちゃったよな?」

駐車場に軽自動車が止まる音がした。降りてきた老夫婦がゆっくりした足取りで歩いていく。

――すべて話そう。

すうと息を吸うと、なつかしい記憶がよみがえった。

「昔、学校帰りにここに来たよね。住職の上条《かみじょう》さんはネコが苦手で、よくメンマを追い回してた」

「え……なんで?」

「メンマは茶色のネコで、すごく人懐っこくてかわいかった。給食をわざと残して、ふたりであげにきてた。ずっと一緒だったよね」

もう颯太は時間を止めたみたいに微動だにせず、私の話を真剣な表情で聞いている。

そう、メンマは特別なネコだった。初めて見かけたときに、まるで仲間のネコと再会したように私たちに甘えてきた。

上条さんやほかの参拝客には決して近づかず、途中からは足音だけで私たちだとわかるのか、草むらから飛び出してくることもあった。

私と颯太とメンマ。ふたりと一匹はいつも一緒にいた。

颯太が来られない日は、メンマにその日あったことや悩んでいることを話した。言葉がわかるみたいに、会話に耳を澄ませていたし、私が落ちこんでいるときはザラザラの舌でなめてくれたりもした。家のカギをなくして泣いていたら、どこで見つけたのか口にくわえてきたことも。

温かい記憶も、最後はあの日の事件へと辿り着いてしまう。

「二月二十八日のこと、覚えているでしょう？　メンマが事故に遭った日だよ」

ガタンッ。音を立て、颯太が立ちあがった。

「マジで言ってる？　え、どういうこと!?」

「颯太の予想、当たってる。私、瑠奈と立場が入れ替わったみたいなの」

呆けた顔のまま、颯太が私の横に座った。

「立場が？　じゃあ、見た目とか名前はそのままでってこと？」

「親はそのままだし、家も同じ。人との関係性だけが変わったと思う」

ぐ、と颯太がヘンな声を出し、膝の上に置いた両手を握りしめた。

ゴーンと本堂の鐘が鳴る。

「颯太の夢で倒れている人が変わった理由も説明できる。私たちが入れ替わったせいで、倒れていた人も変わったんだよ」

微動だにしなかった颯太が、急に「ふう」と息を吐き、体の力を抜くのがわかる。

「信じるよ」

「え？」

「だってそれなら俺の違和感はぜんぶ説明できる。前にカラオケに行ったときにさ、なんかヘンだなって思ったんだよ。いつもの元気もないしメイクもしてないし、どこか瑠奈っぽいって」

「あのときは入れ替わったばかりだったから」

颯太が上半身を折って、私を眺めた。

「じゃあすごい努力したんだな。ずっと愛優――違う、瑠奈にあこがれてたのか？」

「瑠奈みたいにキラキラしてみたかった。だから、最初は驚いたけどうれしかった。でも、やっぱり私は私に戻りたい」

失って初めて気づいた。目立たなくてもダサくても、前のほうがよっぽど私らしくいられたってことに。

「戻る方法を知りたいけど、どうしていいのかわからないの。でも、颯太が悪夢を見てることを思い出して……」

難しい顔で考えこむ颯太。

こんなおかしな話を信じてくれたことが本当にうれしい。

またこみあげてくる『好き』の気持ちを無視した。今は恋をしている場合じゃない。

「夢のなかで、ほかに覚えてることはない？」

颯太の問いに、もう一度あの夢を最初から再生してみる。けれど、瑠奈が倒れていることに気づいてからは、その顔しか記憶に残っていない。

「すごく暗い道だったことくらいしか覚えてない。ほかにはたぶん誰もいなかったと思う」

「ふん」鼻から息を吐いた颯太が立ちあがった。

「今から行ってみよう」

「へ、どこへ？」

つられて立ちあがると、颯太は不思議そうな顔をした。

「どこって、夢に出てきた交差点だよ」

「あの場所がどこなのか知ってるの？」

「知ってるよ。愛優が本当に俺の幼なじみなら、行けば思い出すはず」

颯太はなぜか悲しそうにほほ笑んだ。

もと来た道を下りて右に曲がり、しばらく進むと右手に大きな工場が現れる。私が中学生のときにつぶれてしまい、それからは放置されている。敷地を囲む塀はところどころ崩れていて、入口は鉄網で封鎖されていた。

道を挟んだ向かい側は従業員の駐車場だった場所で、雑草がアスファルトを突き破って顔を出している。

その先にある交差点に信号はなく、さらに先は山道につながっている。

「ここって、メンマの……？」

「ああ」と颯太は交差点のはしっこを指さした。

「メンマが撥ねられた場所。ふたりでメンマを捜して、ここで見つけたよな」

雨に濡れた茶色い毛を覚えている。

そうだ。二月の最終日、あの日も激しい雨が降っていた。

「瑠奈が倒れていたのもこの場所だ……」

街灯がほとんどない道だから、夜はそうとう暗くなる。

「あの夢は……」

かすれた声でつぶやく。

「予知夢ってこと？　本当は私がこの場所で事故に遭うはずだった。入れ替わったせいで、瑠奈がここに来ることになる、とか……？」

山道を下りてきたトラックが私たちの横を通り過ぎた。振動が地面を揺らし、生い茂る木がバサバサ音を立てた。

「俺はそう思ってる」

「瑠奈には言ったの？」

「いや」と颯太は工場の塀にもたれ、広すぎる空を見あげた。

「倒れている人が変わった時点で、ただの夢だと思ってたから」

あれはきっと予知夢だ。倒れているのが私から瑠奈に変わったということは、私が死ぬ運命を瑠奈が受け継いだのかもしれない。

「きっとメンマが教えてくれてるんだよ」

言いながら、きっとそうだと思った。

「メンマが？」

「不思議なネコだったから。私の話を一生懸命聞いてくれたし、あの子が『にゃあ』って鳴くと、悩みごとが薄まるように思えた」

「たしかに今思うと、あいつ、人間の言葉を理解してたもんな。愛優が来られない日は、俺もいっぱい話を聞いてもらったし。野良イヌに襲われそうになったときは、俺の前に立ちふさがってすげえ声で鳴いて追い払ってくれたんだ」

そっか……。颯太にとってもメンマは特別なネコだったんだね。

「私たちはいつも一緒だった。メンマが事故に遭ったのが信じられなくて、ふたりで泣きじゃくったよね」

まつげを伏せ、颯太はキュッと唇を噛んだ。

「あいつが教えてくれてるのか……」

「確信はないけど、それ以外考えられない。メンマが、瑠奈の運命を私たちに教えてくれたんだよ。それはきっと私の運命だったもの」

見たこともないほど真剣な瞳で颯太は「ああ」とかすれた声をこぼした。

「メンマが教えてくれているとしたら、事故に遭うのは二月二十八日なのかも」

「私もそう思う。私たちにとってあまりにもショックな日だったから」

運命の日がその日だとしたら、私は、私は……。

「だからこそ、ちゃんと瑠奈に話をしたい」

私のせいで瑠奈を死なせるわけにはいかない。

決意を胸に颯太を見ると、なぜかきょとんとしてる。

「……え、なに?」

「今、一瞬だけど、愛優が幼なじみだって思えたから。普段は弱気なのに、誰かがピンチのときは一生懸命だったなって」

「そうだったっけ？」

「メンマを捜すときも、門限破ってまで捜してくれた。俺が上級生に絡まれてたときも大声で怒鳴ってくれたじゃん」

なつかしそうに目じりを下げる颯太。

この世界をもとに戻すには、私の強い気持ちが必要なのかもしれない。

「でも」と颯太が言葉を濁した。

「ふたりがもとに戻ったら、事故に遭うのは愛優ってことにならないか？」

「大丈夫。雨の夜、ここに来なければいいだけだから。なにも知らない瑠奈のほうが心配」

「たしかに。俺も協力するよ」

瑠奈にすべてを話そう。そして、もとに戻る方法を探そう。

ふたりで真剣に話をすれば、瑠奈だってきっと信じてくれるはず。


「そんな話、とても信じられない」

私たちの話を聞き終わるや否や、瑠奈は硬い声で言った。

放課後の教室。窓の向こうは曇り空で、夜が時間とともに降りてきている。

颯太が瑠奈を呼び止め、みんなが帰るのを待ってふたりで話をした。

席に座りじっと聞いてくれていたので、少しは信じてくれると思っていたけれど、現実はそんなに甘くないらしい。

「だから」と、颯太が間に入ってくれた。

「立場だけが入れ替わったってこと。そもそも、住んでいるところも違うのに幼なじみっておかしいだろ？」

「小学校が一緒だったし、そういうこともあるんじゃない？」

「いや、だからっ」

焦る颯太に、瑠奈はため息で答えた。

「入れ替わりなんて起きるわけないでしょ。私が事故に遭う？　アニメじゃあるまいし、だるすぎ」

困ったように颯太が視線を送ってきた。

「瑠奈、前に言ってたよね？　家にいつの間にかメイク道具がたくさんあったって。親にも『なんでメイクしないの？』って聞かれたって」

「そんなこと言ってない。愛優、ねぼけてんじゃない？」

「だって前は――」

「マジでふたりが言ってることわかんない。ひょっとして、私をからかっている
の？」
強気な視線に目を逸らしてしまった。
信じていたことがぐらつきはじめている。
「とにかく」と颯太が言葉に力を入れた。
「雨の夜は外に出ないで。いや、出てもいいけど、寺の近くにある工場そばの交差点
には行かないって約束してくれ」
「そこが事故現場ってこと？　まあ、それくらいならいいよ」
めんどくさそうに瑠奈は言った。
私の知っている瑠奈とは別人だ。
ひょっとしたら本当の瑠奈はこういう性格なの？
入れ替わったことで自由になり、本当の自分を出すようになったの？
「ねえ、愛優」
鋭い視線が突き刺さる。
「言ってることが本当だったとしてさ、なんで入れ替わったかについてはわかってる
の？　もとに戻す方法を知ってるの？」
「それは……わからない」

素直に答えてから「でも」と続ける。

「ふたりが同じ気持ちだったらきっと戻れるはず」

伝わっていないことが手に取るようにわかる。

呆れたような顔で瑠奈は通学バッグを手に立ちあがった。

「同じ気持ちなわけないでしょ。一軍女子に私の気持ちなんてわからない。それに愛優だって、もとに戻りたいなんて本当は思ってない」

「え……」

「今日だってみんなで楽しそうに話してたし、メイクも髪型もどんどんきれいになってる。本当は一軍女子のままでいたいんじゃないの？」

「最初はそう思ってたけど、今は違うの。もとに戻りたいって本気で思ってるんだよ」

必死で言っても、瑠奈の反応は薄い。

「私はそうは思わない。あんな苦しい毎日はもうたくさん。交渉決裂だね」

冷たい口調でそう言い、瑠奈は席を立ってしまった。

教室を出る直前で瑠奈がなにか思い出したようにふり向いた。

「この際だからはっきり言っておくけど、私、愛優のことキライだったの。生理的に合わないし、顔を見るのもイヤ」

「瑠奈……」

「もう二度と話しかけないで」

そう言い残し、瑠奈は教室を出ていってしまった。

がっくりうなだれていると、「よし」と颯太が短く言った。

「なにが『よし』よ。大失敗しちゃったのに」

ぶすっと唇をとがらせる。

「いや、大成功だって。俺、今の会話でふたりが入れ替わってることを確信できたし」

「どこが?」

瑠奈の机に座ると、颯太が人差し指を立てた。

「俺の知ってる瑠奈は、あんな挑むような話し方をしない。『寝ぼけてんの?』とか『だるすぎ』とか『キライ』とか、心で思ってたとしても、絶対に言葉にしないんだ」

「それって褒めてるように聞こえないけど」

「まあ聞けよ」と、颯太は二本目の指を立てた。

「最後に言ってたろ? 『あんな苦しい毎日』って。つまり、あいつも入れ替わりには気づいてたんだよ」

「あ……」

言われて気づいた。たしかにそう言っていた。

じゃあ、どうしてもとに戻りたくないんだろう……。

「今の状況に満足してるってこと？」

「そういうことになるよな。思うんだけど、愛優だけの強い願いで入れ替わったというより、ふたりが同時に願ったから入れ替わったんじゃないかな。気持ちが変わることに期待して、俺たちは俺たちにできることをしよう」

「できることってどんなこと？」

颯太はスマホを取り出した。

「俺たちにできることは、大雨の日にあの交差点に瑠奈を近づけないようにすることと」

「雨のたびに見張るってこと」

「特に二月二十八日は絶対に行かせない」

決意を表明するように颯太は両手の拳を握りしめている。

メンマがいなくなって何年も経つのに、今でも二月になると胸が苦しくなる。きっと、メンマが予知夢を見せてくれたんだ。こんな非現実な話なのに、私は確信している。

「もちろんもとに戻れる方法は探す。上条さんならなにか知ってるかもしれないし、今度話を聞いてみるよ」

颯太はやさしいな。私の話を信じてくれただけじゃなく、一緒に解決しようとがんばってくれている。

さっき瑠奈に言われた言葉がジクジクと胸に痛い。

あこがれていた人に拒絶されてしまった。もう二度と話しかけることもできない。

そこまで嫌われているなんて思ってもいなかった。じゃあどうして私に話しかけてくれたの？

「あ……」

ふと頭のなかにある考えが浮かんだ。

「なに？」

「えっと、なんでもない」

ごまかしてみても、一度生まれた考えは消えてくれない。

瑠奈は前は一軍だった。そんな自分に違和感を覚えていた。でも、それだけじゃ私と入れ替わりたいと思うはずがない。

前に莉子が言った言葉をリフレインする。

『だけど、愛優の恋が叶うほうが大切。がんばってね』

『あたしが怒ったのはそうじゃなくって、愛優が自分の気持ちをごまかしてるから。

ずっと協力してきたのにそれはないよ、って思ったの』
『そっか。じゃあ瑠奈はきっと今も……』
——瑠奈には好きな人がいる。
莉子の話では長い間想い続けていた。
私と入れ替わったことにより、その人との距離が縮まった。
「天気予報、金曜がヤバそう。ふたりで見張るしかないな」
なにも知らない颯太が、スマホの画面を見せてきた。
雨マークにうなずきながら、確信した。
瑠奈の好きな人は——颯太だって。

第6章

私は私になりたい

期末テストはそれなりに手ごたえがあった。

まだ返却がはじまってないので断定はできないものの、苦手な数学ですら平均点を上回っている自信がある。

瑠奈になるために努力した結果、といえば聞こえはいいけれど、充足感はまるでない。

もう水曜日。あさっての二十八日は大荒れの天気になるらしく、天気予報には雷マークが大きくついている。

その日が運命の日であることは疑う余地もない。

あれから瑠奈とは話をしていない。あんなに嫌われてしまった以上、話しかけることはできない。

昼休みの教室はどんよりした空のせいで薄暗く、みんなのテンションもどこか低い。

もしも雨が降るようなら、予定を早めて瑠奈を止めないといけない。

そもそも、雨の日にあんな場所に行くのかな……。

私はあの場所には近づかないほうがいいだろう。

死の運命だけが残されているなら、文字どおりヤブヘビだ。うかうかと現場を訪れると交通事故に遭うことになる。

颯太もあれから上条さんに話を聞いたそうだけど、収穫はなかったそうだ。なんで私たちは入れ替わってしまったのだろう。もとに戻るにはどうすればいいのだろう。

わからないことが多すぎるし、瑠奈には拒否されたままだし……。

「ねえ、なんでメイクしないの？」

お弁当を食べる手を止め、佳澄が今日何度目かの質問をしてきた。

「髪だって結んだままだし、どうしちゃったの？　凛もそう思うよね？」

問いかけられた凛が、「いえ」とメガネを中指で押しあげた。

「前もそういうことありましたけど、そのときはノーメイクでした。今回は色つきの下地とリップは塗っています」

「微妙すぎ。せめてそのダサい髪型はやめたら？」

「どうでもいいじゃん」

莉子が菓子パンをほおばりながら言った。

「愛優がしたいようにすればいいんだからさ」

「そうかな……」

納得できないらしく、佳澄はじとっとした目で見てくる。

「駿となんかあった？　最近、あんまり絡んでこないよね」

「なんにもないよ」

告白を断ってからも駿は普通に話しかけてくれるけれど、昼休みは颯太の席で取るようになった。

瑠奈と由衣もなにかあったらしく、昨日から由衣は違うクラスメイトとお弁当を食べている。

背筋を伸ばして本を読む瑠奈。彼女は今、なにを思っているのだろう。

颯太の推理が正しければ、瑠奈はこの入れ替わりに気づいている。それなのに認めたくないのはなぜ？

もうすぐ運命の日がやって来る。自分の身に危険が及ぶこともあり得る今、なるべく停滞している問題を片づけておこう。

そうだ、と思い出す。

「あのね、公式サイトのモデルの話なんだけど、辞退してもいい？」

しばらくモグモグと口を動かし、優雅にお茶を飲んでから凛はうなずいた。

「もちろん大丈夫です。莉子、いいですか？」

「ＯＫ。ちゃんとモデル名を入れてよね」

「大きく記載してもらいます」

莉子に話をしてよかった。おかげでいろんなことがスムーズに動いている。前の私に戻れたとしても、こんなふうに話ができるといいな……。

トイレに行こうと席を立つと、颯太が目で合図を送ってきた。

廊下のはしっこで待っていると、間もなく颯太が出てきた。

「雨が降るかもしれないから、念のため放課後、瑠奈を見張ることにした。愛優は家で待機してて」

「私も行くよ」

「死の運命が残ってたらどうすんだよ」

私のことを考えてくれている。でも、それは幼なじみとしての感情だ。

「あの交差点にいきなり行くわけじゃないでしょ。だったら私も一緒に連れてってよ」

「まあそうだけど。でもなあ……」

うん、と言わない颯太。

自分が瑠奈に想われているとは一ミリも思っていないんだろうな。

「まあ雨が降るかもしれないし、とりあえず家で待機してて」

そう言い残し、颯太は教室に戻っていく。

私があきらめればいいのかな……。

あれだけ駿のことが好きだったのに、あと出しじゃんけんで好きになるのはずるい。

颯太は私を好きにはならない。

昔は双子のようにいつも一緒だった。

大人になるにつれ、先に距離を取ったのは私のほう。家に遊びに行くこともなくなったし、メンマが亡くなってからは神社にふたりで出かけることもなくなった。

ぜんぶ、私のせいだ。お姫様に憧れていたはずなのに、気づけば透明人間になろうとしてきた。

今さら好きな気持ちに気づいたってもう遅い。

幼なじみの関係に戻れたのだから、今はそれでいい。

でも、自分を諭《さと》しても、颯太への気持ちはどんどん成長しているようで。


ホームルームが終わると、瑠奈は誰よりも早く帰ってしまった。

私に目配せをして、颯太は追いかけていった。

「愛優、今日って――」

「ごめん。ちょっと用事」

莉子にそう言いながら私も急ぎ足で教室を出た。

校門を出ると、黒い雲に支配された空を見あげる。

向こうの空にわずかなすき間が見える。雨が降るかどうか微妙なところだ。

「どうしよう……」

瑠奈の家に行ったところで、拒否されるのは目に見えている。

結んでいた髪をほどくと、冷たい風に立ち向かうように歩きだす。止まる。また歩きだす。押し戻される。

なんでこんなことになったのだろう……。

入れ替わったことと事故に遭うことは、なにかつながっているのかな。

疲れた頭で考えてもなにも思い浮かばない。

電信柱にもたれるように手をついた。

もしも私のせいで瑠奈が死ぬことになったら、一生後悔することになる。

誰ともしゃべらず、呪いを自分にかけ続けるだけの未来。

……そんなの絶対にイヤ。

考えろ、と自分に指令を出す。

あきらめているような日々を救ってくれたのは瑠奈だった。宝石のように輝く彼女を見ていると心が躍ったし、彼女のようになりたいと願った。

見ているだけの自分は終わりにしよう。今度は私が瑠奈を救うんだ。

「あの」

急に声がして、思わずビクンと体が揺れてしまった。

ふり向くと、

「……え?」

唇をギュッと噛みしめた由衣が立っていた。

「急にごめん。あの……話がしたくて」

聞き取れないほどの声。前髪で顔を隠すようにうつむく由衣は、今にも泣きだしそうに見える。

「もちろん。どこか行く?」

何度も首を横にふったあと、意を決したように由衣は顔をあげた。

「私、謝りたくって……」

「え? なんのこと?」

質問がまずかったらしく、由衣はまた視線を落としてしまった。

通り過ぎる生徒が物珍しそうに私たちを見てくる。

「ここからすぐのところに公園があるんだけど、そこで話を聞いてもいい?」

返事はなかったけれど、歩きだすと由衣はおとなしくついてきてくれた。

公園に、人の姿はなかった。

前回ここに来たときは、駿への気持ちに区切りをつけたあとだった。

頭上にのしかかる重い雲は、いつ雨を落としてもおかしくない。

泣きそうな空の下、泣きそうな由衣とふたりきり。

ベンチに腰をおろしても、由衣はなかなか座ってくれなかった。やっと座ったと思っても、なにも話してくれない。

私もそうだったからわかる。言いたいことはいつも言えない。

声が大きい人の主張だけがまかり通る世界で、私たちはどんどん言葉を失っていく。

「青空が恋しいね」

空を見あげると、由衣もつられて顔をあげた。

「でも不思議。夕焼けは街を赤く染めるけど、青空は街を青くは染めないよね？」

「え……それって、あれ？」

由衣を元気づけるときはよくこの話をしていた。

「青い街もきれいだと思うんだけどな」

「それは……光の波長の問題で……」

表情が少しだけやわらかくなっているのを見てうれしくなった。

どうでもいいような話をよくしたよね。由衣はいつもニコニコと聞いてくれた。

お姫様の話をしたときもそうだった。

今、みんなの心を曇らせているのは、やっぱり私のせいだ。

「……あの」

ずいぶん経ってから、蚊の鳴くような声で由衣は言った。

「瑠奈にね、嫌われたの。急に『絶交だ』って」

「絶交？　あ、最近お昼休みも別々だもんね？」

かすかにうなずいた由衣の瞳が潤んでいる。

「『二度と話しかけないで』って……。言われてるのを聞いていた子が、『一緒に食べよう』って誘ってくれたの」

涙をこらえているのだろう、由衣は口をギュッと閉じた。

「私も同じことを言われた」

「愛優も？」

瑠奈のことは苗字で呼んでいたのに、名前で呼んでくれた。無意識だと思うけど、それがうれしくてたまらない。

「うん。だから由衣の悲しい気持ち、わかるよ」

昼間は暖かさを感じた風も、夕刻になるとその温度を下げている。

「私……」

由衣の声はわずかに震えていた。

「言われて初めて気づいた。前に私も愛優にひどいことを言った。『二度と話しかけないで』って……」

「いいよ。こうして話ができたから」

ブンブンと由衣は首を横にふった。

「自分が許せなくて……。ろくに愛優のことを知らないのに、あんなひどいこと……ごめんね」

由衣の頬を涙が伝う。あごで止まってから、ぽとんと落ちる。

「私も謝らなくちゃいけないことがあるの」

「え？」

「由衣に言われたあと、駿にグチっちゃった。そのときにもっとひどい言葉を使ったの」

大切な友だちを陰で悪く言うなんて、絶対にしてはいけないことだった。入れ替わったことで、きっと私は調子に乗っていた。由衣に冷たくされたとしても、ちゃんと心から話をするべきだった。

「だから、私のほうこそごめん」

頭を下げると同時におなかのあたりが熱くなった。一気にその温度が駆けのぼり、鼻がツンと痛くなる。

「ヤバい。私も泣いちゃいそう」

「泣かないで。私が悪いの。ごめんね、ごめん……」

嗚咽《おえつ》を漏らす由衣の手を握る。小さくて冷たくて、涙で濡れている。

「違うよ。うれしくて泣いてるの。由衣とまた話ができてうれしいんだよ」

ずっとそばにいるのが当たり前だったから、離れてからずっとさみしかった。

莉子たちと話をしていても、満たされないのは由衣がそばにいないから。

一軍女子に入れたことで、調子に乗っていたのも事実だ。

「これからはたくさん話そう」

そう言うと、由衣は泣きながら何度もうなずいてくれた。

水分補給のために自動販売機でジュースを買った。私は由衣のために、由衣は私のために小銭を入れた。同じ金額だけど、そのことに大きな意味を感じた。

「勇気を出してよかった」

ホットミルクティーを両手で抱きしめながら、由衣は泣きはらした目で笑う。

「勇気を出してくれてよかった。おかげですごく幸せだもん」

「それ、美味しいの?」

私は気になっていたホットコーラを買ってもらった。

「正直に言うと、大失敗。でも、今日は許せる」

おかしそうに笑う由衣が、なにか思い出したように表情を曇らせた。

「私たち、なんで瑠奈を怒らせちゃったんだろうね」

私には心当たりがある。きっと、同じ人を好きになってしまったから。

そんなこと言えるはずもなく、「さあ」とごまかした。

「ひとりになりたいのかもね。これからは私と話そうよ」

「それはムリ。愛優はいいけど、一ノ瀬さんとか山本さんとか、怖いんだよね」

「みんなズバズバ言うからね。実は私もそうだったんだ」

「え？　ウソでしょ？」

「ほんとほんと。でもね、話してみてわかった。人にはいい部分と悪い部分があるんだって。私も同じだし、みんなもそう。だから、由衣も一緒に話してみようよ」

由衣は「ムリ」のひと言で拒絶した。

そうだろうな、と理解できる。新しい世界に飛びこむのって勇気がいるし、そのぶん人間関係も広がってしまうから。

交差点で別れるとき、心のなかでもう一度だけ『ごめん』とつぶやいた。

今、みんなに起きているすべてのことは、私のせい。由衣もその被害者なんだよ。

ぜんぶ終わったら、由衣と一緒に過ごしたい。ふたりでできる新しいことを探してみよう。

結局、家に戻るまで雨は降らなかった。

家に帰ると、キッチンでお父さんが餃子を包んでいた。大きな体には小さすぎるエプロンをつけて、胸のあたりを粉だらけにして奮闘している。

「ああ、もう。具がはみ出てるよ」

お母さんはフライパンで餃子を焼きながら文句を言ってる。

テーブルを拭いたりお茶を淹れたりしている間に、ごま油の香りが漂ってきた。

大食い選手権にでも出るくらいの量が盛りつけられた大皿。お母さんが言うように、いくつか中身が飛び出ている。

タレにつけて食べると、ニンニクが効いていて美味しい。いつもより濃いめの味つけだ。

「お父さんと話してたんだけどね、春休みになったら旅行に行かない？」

「え、旅行？」

急な提案に首をかしげる。

「ほら、愛優も三年生になったら忙しくなるでしょう？　前から行きたがってた映画パークに行こうか」

関西にある映画をテーマにした遊園地は、小学生のころから行きたかった。

「お母さん、枕が変わると眠れないよね？」

「何日も行くわけじゃないし、ね？」

お母さんのパスを受け取ったお父さんが、「そうそう」とうなずく。

「お笑いの舞台も見に行こう。たこ焼き食って、夜は串カツとかもいいな」

「いいわね。愛優も行きたいところがあったら教えて。なんなら二泊とか三泊でもいいから」

異常事態発生。お箸をパタンと置き、背筋を伸ばした。

「なんか今日のふたりヘンだよ。ひょっとして……離婚でもするの」

「ぶふっ！」

お茶を噴き出しそうになるお父さん。すかさずお母さんがティッシュを箱ごと渡した。

「そんなわけないだろ。うちほど仲のいい夫婦があるか」

「じゃあなに？　違和感ありありなんだけど」

ふたりは顔を見合わせて目で合図を送っている。そっちが言え、と押しつけ合っているのだろう。

お母さんがため息をついた。

「正直に言うとね、お母さんたち反省しているの。愛優の意見も聞かずに、髪の毛のこととかメイクのこととか、一方的に注意したでしょう？」

「あ、うん」

「友だちのことにまで口出ししちゃって……。だけど、愛優、勉強を進んでするようになったし、髪はそのままでもメイクはやめてくれたでしょう？　そういう姿を見てたら……ね？」

眉をハの字に下げ、お父さんがしみじみとうなずいた。

「愛優にムリをさせてるな、って。お父さんたちも初めて親をやってるから、たまに失敗しちゃうんだよ。でも今回のことは、さすがに言いすぎた」

「いろいろ口うるさく言ってごめんなさい」

揃って頭を下げるふたり。予想もしない展開に驚いてしまう。

でも、ふたりが言いたくなる気持ちもわかる。

私たちは変化することに臆病な生き物だから。

「私からも話があるの」

「ん……」

お父さんは叱られた生徒みたいに背筋をピンと伸ばした。

お母さんはまるで法廷で判決を聞く被告みたいに目を閉じている。

「今月はいろんなことがあったの。心も体も揺さぶられるくらい大きな出来事が次々に起こった。髪のことやメイクのことで心配かけてごめん」

片目を開けたお母さん、お父さんは目を丸くしている。

「前に『愛優らしく』って言ってくれたよね？　それがなにかわかりかけてるところなの。だから、しばらくは見守っててほしい。遠慮せずに思ったことは言ってくれていいから」

そこで、『しばらく』が残されていない可能性を思い出した。言葉を区切り、もう一度口を開く。

「いつもありがとう。あと、ごめんね」

「こっちこそごめんね」

「悪かった」

これまで思っていることを素直に言葉にしてこなかった。

ふたりを不安にさせたのは私だ。この先、不幸な未来を押しつける可能性だってある。

「謝ってくれるのはうれしいけど、今でもメイク少ししてるよ？」

冗談めかせると、お母さんがクスクス笑った。

「知ってる。ちょっと白浮きしてるもの。愛優の肌色に合う下地、今度見にいこうか」

「そっちのほうが旅行よりうれしいな。あと、回らないお寿司も」

なんだかくすぐったくて恥ずかしい。

運命の日を前に、いろんな問題が解決されていく。

あの悪夢が正夢にならなければいいな。

ううん、違う。絶対に正夢になんてさせない。

餃子を口に放りこむと同時に、また颯太のことを思い出した。

リビングに行き、窓の外を見るとまだ空は灰色に覆われている。

ひょっとしたら、まだ瑠奈が外出しないか見張っているのかな……。

ふり返ると、安堵の表情を浮かべてふたりは餃子を平らげている。

お父さんはビールを飲んでいるのでダメ。

「お母さんにお願いがあるんだけど」

強い決心を胸に、私はそう言った。

車から降りたのが私だとわかると、

「げ」

颯太はひと言で不快感を表した。

お母さんはなにか言いたそうだったけど、早めに帰ることを告げると車を発進させた。

電柱にもたれた颯太が、うんざりした表情で見ている。

「来るなって言っただろ。なんかあったらどうすんだよ」

「そんな顔しないでよ。ほら、差し入れ」

タッパーにつめた餃子を渡すと、颯太の表情が一瞬ゆるんだ。

「まあ腹は減ってたけど……」

「あそこが瑠奈の部屋?」

明かりのついた二階の窓を指さすが、颯太は「いや」と首をかしげた。

「不思議なんだよな。幼なじみだから瑠奈の家には何度も来てたはずなのに、尾行して辿り着いてもピンとこないんだよ。たぶん瑠奈の部屋なんだろうけど、確信が持てない。これじゃあ探偵失格だ」

颯太の口から白い息が漏れている。

「探偵さんにひと言いいわせてもらうと、この場所はマズすぎ。誰が見ても怪しいから、通報されるかも」

「そんなこと言われてもなあ……」

「あそこはどう？　階段に座れば玄関は見えると思う」

斜め向かいにある古いアパートへ進むと、颯太はおとなしくついてきた。

鉄筋の階段の途中に座り、リュックに入れてきたひざ掛けとお茶を入れた水筒を渡す。

「これで防寒もバッチリ」

「すげえな。俺の助手はできるヤツだ」

「案外、私のほうが探偵に向いてるかもよ」

「ひでえ」

颯太がおかしそうに笑う。

「静かにしないと怒られちゃうって」

それぞれにひざ掛けをかけ、瑠奈の家に目を向ける。

二月も終わりだというのに、風が冷たい。

「おばさんが送ってくれるなんてどういう風の吹き回し？　まさかぜんぶ話したとか？」

「颯太と莉子以外には話してない。親と和解した感じなの」

「昔からおばさん口うるさかったもんな。すげえ……な。あれ、やっぱり俺、愛優の幼なじみだ」

ポンと手を叩く颯太がかわいらしい。

今は恋心を封印しなくては、と背筋を伸ばす。

「雨、降るのかな」

「降ったとしても瑠奈が家を出なきゃいい」

「死ぬ運命だけは私に残ってる可能性もあるよね」

首のあたりが寒くて震えてしまう。マフラーを持ってくればよかった。

「俺が見た夢じゃ、愛優から瑠奈に変わってた。運命も瑠奈に引き継いだと思う」

そう言うと、颯太は自分のひざ掛けを外し、私の頭にかぶせてきた。

「大丈夫だよ」

戻そうとする手を止め、颯太は私のひざ掛けをたぐり寄せた。

「スマホのバイブくらい震えてるくせに。でかいから、ふたりで使えばいい」

「うん」

頭と膝がすっぽり覆われた。

「ふ。なんか餃子みたい」

すぐそばでクスクスと颯太が笑う。

距離が近すぎて、夜じゃなかったら顔が赤いことがバレていたかも。

「まだ寒い？」

むしろ緊張のせいで暑いくらい。

「大丈夫だよ」

平気なフリで答えた。

「駿の告白、断ったんだって？」

「もう聞いたんだ？」

「あいつなんでも話すからな。でも、愛優はもともと駿のことが好きだったろ？」

瑠奈の部屋に顔を向ける颯太。あごのラインがすぐ目の前にある。

「そんなことひと言もいってないけど」

「違うの？　なんかそんなふうに見えたから」

ごまかすことはできる。だけど、こんな夜にウソは似合わない。

「最初は好きだと思ってた。でも、違うって気づいたの」

「あいつあきらめてないってさ。『スマホのゲームしてたのがまずかったのかも』とか言ってたな」

「ああ、それはあるね。でも、駿が好きなのは瑠奈だから」

「そうだな」

不思議と沈黙も愛おしく思える。

颯太のことを好きだと言いたい。でも、今は先にやることがある。

私はもとの自分に戻りたいと思えた。瑠奈も同じように思ってくれれば、きっとメンマがもとに戻してくれるはず。

「よかった」

颯太のつぶやきに、胸が大きく跳ねた。

「え……？」

今、なんて言ったの？

告白を断ったことをよろこんでくれているの？

鼓動が颯太に聞こえてしまいそうで、ギュッと体を硬くした。

「ほら、瑠奈の部屋。電気が消えた」

颯太が指さす先、二階の窓は常夜灯のうっすらとしたオレンジ色に変わっていた。

なんだ……。

スマホを開く颯太の横顔に、白い光が当たった。

「金曜日は夕方から雨。やっぱりその日が運命の日ってことか」

「あ、うん」

外されたひざ掛けが少し悲しい。

「送ってくよ。って言っても近所だけど」

肩をすぼめて立ちあがる颯太。

冷たい風がさっき以上に私を冷やした。

第7章

君がいる明日へ

それは、昼休み中に気づいたこと。

「ねえ、起きて」

颯太を揺り起こすと、「うう」とうめきながら颯太が目を開けた。

今日はほとんど寝てばかりで、授業中も何度か注意されていた。

「なに？」

ぼんやりした顔の颯太に、

「瑠奈がいない」

そう言うと、ゆっくりと顔を前に向けてあくびをひとつ。

「トイレにでも行ってんじゃない？」

ダメだ。まだ半分寝ているみたい。

「しっかりしてよ。今日、金曜日ってこと忘れたの？」

「ん？　……あっ！」

ようやく目が覚めたらしく、颯太がガタンと椅子から立ちあがった。

「荷物がないの。ひょっとしたら早退したのかもしれない」

「マジかよ……」

トイレに行ったのかな、と思っていた。気づいたのは、由衣が『荷物がない』と教えてくれたおかげ。

「なんの話をしているのですか？」

うしろの席でお弁当を食べていた凛が首をかしげた。

「瑠奈がどこに行ったか知ってる？」

「今日は早退届が出ています。法事があるそうですよ」

「法事……」

颯太と顔を見合わせる。

法事ってことは、まさかあのお寺に行くってこと？

夕方から雨が降る予報だったから油断していた。

「最近、愛優って瑠奈推しだよね」

佳澄がいぶかしげな視線を送ってくるが、それどころじゃない。

「ねえ」と前の席に座る莉子が耳元に顔を寄せてきた。

「例の日、って今日のことなの？」

「……うん。瑠奈を止めなくちゃいけない」

莉子には今起きていることを話している。もちろん、颯太への想いは伏せたままで。

「わかった。あたしにまかせて」

そう言うと、莉子は佳澄と凛が座っている席へ行き、なにやらヒソヒソ話をはじめた。

腕を組んだ颯太が、窓の外をにらむ。

「まあ夜に事故が起きるなら、放課後急いで行けば間に合うだろ」

「だけど……」

雨が降るなら、普段より早く夜は降りてくるだろう。

街灯の明かりが乏しいあの場所で瑠奈を見つけることができるのだろうか……。

密談を終えた莉子が戻ってきたかと思うと、

「荷物をまとめて」

小声でそう言った。

「え？」

「早く。時間がないよ」

言われるがまま通学バッグに荷物を放りこんでいると、急に佳澄が立ちあがり私の肩を抱いてきた。

「え⁉ 愛優、おなか痛いの？」

びっくりするほどの大声に、みんなが一斉にふり向く。

驚いた顔で莉子も私の手を握った。

「マジで⁉　大丈夫？」

「顔が真っ青じゃん！」

「心配。どうしよう、これじゃあ授業出られないね」

ふたりが演技をしていると理解できた。

けれど、あまりにも棒読みすぎる。

そんななか、凜がスッと立ちあがった。次のセリフは凜の番らしい。

「ほ、保健室に、行かれたほうが、いいですね」

カタコトの日本語をくり出す凜。どうやらいちばん演技力がないのは凜のようだ。

私のために協力してくれているんだ……。

颯太と目が合うと、まだ理解してないらしく、心配そうに私のおなかのあたりを見てくる。

あれよあれよという間に廊下に連れ出された。

「保健室の先生には私が許可を取っておきます。信用があるのでご心配なく」

「私は先生に言ってくるね」

凜と佳澄はそう言い残し、二手にわかれた。

「え、いいの？」

通学バッグをギュッと胸で握りしめる私に、莉子は「行こう」と歩きだす。

「校門のところまで見送るよ。おばさんが迎えにきたことにしとくから」

「うん。ありがとう」

「なにがあったのかはふたりに話してないから安心して。男関係ってことにしようかな」

顔だけこっちに向ける莉子に、あいまいにうなずいてみせた。

私の表情を二秒くらい観察してから、莉子は階段を下りていく。

「イヤだったら答えなくていいけど、愛優ってさ、颯太のことが好きなの？」

一段下りるたびに彼女の髪が左右に揺れる。

「好きでキライ。気づいたのは最近だけど、たぶん好きのほうが強い」

「だよね。見てたらわかるよ」

「うん」

昇降口で靴を履き替えた。グラウンドでは男子がサッカーをしている。

隣に並んだ莉子が、「あのさ」と言った。

「瑠奈もその気持ち、知ってたと思うよ。たぶん無意識に颯太のことが好きだったんだよ」

「そうかもしれない。だから、こないだ拒否されたんだと思う」

「うん」さみしそうに莉子は空を見あげた。

「あたしは瑠奈と親友だった。だからあの子の気持ちは知ってた。でも、恋愛ってどうしようもないこともあるよね」

莉子は瑠奈の好きな人が颯太だと知っている。

その問題はあと回しにして、瑠奈を止めることが先だ。

校門で足を止めた莉子が、急に頭を下げた。

「あたしにできるのはここまで。どうか、瑠奈を助けてあげて」

「必ず助ける。これから瑠奈の家に行ってみる。まだ間に合うかもしれない」

軽くうなずいた莉子の瞳からなにかがこぼれた。

それが涙と気づいたときには、もう袖で拭き取られていた。

「え……どうしたの？」

「はは。なんでもない」

そう言うものの次の涙が頬を伝っている。

あまりの変化に戸惑ってしまう。

「ごめん。あたし、一回泣いたら止まらないんだ」

ハンカチで目じりを拭った莉子が迷うように口を開いた。

「瑠奈と親友だったのに、あたしは言われるまで入れ替わりに気づかなかった。気づいたあとも、なんにもしてあげられなかった」

「仕方ないよ」

そう言う私に莉子は首をブンブンと横にふった。

「瑠奈は入れ替わりに気づいている。それでも話しかけてこないってことは、きっと前から親友だと思っていたのはあたしだけだったたってこと」

「ごめんね。こうなったのはぜんぶ私のせいなの。私が瑠奈と入れ替わりたいって願ったからこんなことになったんだと思う。でも、きっと瑠奈だって同じように思ってるよ」

「だったらいいけど」

自嘲気味に笑ったあと、莉子は頭を下げた。

「事故からだけじゃなく、すべてのことから瑠奈を助けてほしい。愛優ならきっと瑠奈の本当の気持ちを聞けると思う」

「本当の気持ち……?」

「世の中には、自分が信じていたこととは違う真実が隠されていることもあるってこと。たのんだからね」

そう言うと莉子は校舎に向かって走っていった。

チャイムの音が私に告げている。

そのときが近づいている、と。

お寺に着くころには夕方になっていた。雨を予告するような雲が、徐々に夜色へと変わっていく。

あれから瑠奈の家に行ったけれど、すでに法事に出かけたらしくチャイムを鳴らしても誰も出てこなかった。

交差点へと急いだけれど誰もいない。やっとお寺の本堂で瑠奈の親族らしきグループを見つけた。

ここに来るまで、さっき莉子が言った言葉を何度も頭のなかでくり返した。

瑠奈の本当の気持ちはきっと、颯太を好きだということ。

もしそれを言われたら私はどうするのだろう……。

あきらめる？　ううん、それはできない。

秒ごとに大きくなる気持ちは、ウソをついたってきっと瑠奈にはバレてしまう。

仲間に囲まれながら、颯太への密かな想いを育んでいた瑠奈。前よりも近い存在になれた今、決してもとのポジションには戻りたくないだろう。

「でもな……」

違和感は少しある。

瑠奈くらい明るくておしゃれで美人なら、もっと積極的に颯太と関わることもできたはず。

駿の手前、できなかったというのはムリがある。実際、何度も告白を断っていたわけだし、駿と颯太が親友というわけでもない。

本堂から出てきた男性を見つけた。二十代後半だろうか、黒いスーツの内ポケットから電子タバコを取り出している。

「すみません。青井瑠奈さんの親族の方ですか？」

知らない人に話しかけるなんて、これまでは考えられないことだった。

「そうだけど。瑠奈の友だち？」

「はい。同じクラスの麦野愛優といいます。瑠奈さんに会いたいんですが」

ジロジロと値踏みでもするように見たあと、「へぇ」と男性は片方の口角をあげた。

「愛優ちゃんかわいいね。SNSなんかやってる？」

「……は？」

にらみつけると男性はおびえたようにタバコを持つ手を目の前でふった。

「冗談だよ冗談。さっき、あっちのほうへ歩いてったよ」

頭を下げ、その男性があごで指したお墓のほうへ向かった。

山道に沿うようにたくさんのお墓が並んでいる。その向こうには、今にも落ちてきそうなほどの雨雲が見える。

息を切らせてお墓を探すけれど、やっぱり瑠奈の姿は見えない。

「あれ……」

ふと思い出した。私も子どものころにここによくきていた。

そうだ……と、お墓を出て記憶を頼りに山道を進む。

大きな大木が見えてくる。

車に撥ねられたメンマを颯太があの木の下まで運んでくれた。ふたりで泣きながらお墓を作ったことを思い出す。

木の根元に誰かがしゃがんでいる。

――瑠奈だ。

花束を添え、手を合わせている。

足音に気づいたのだろう、瑠奈がふり向き目を大きく見開いた。

「……なんで？」

風に飛ばされる声。口の動きだけでなんて言ったのかがわかる。

そばまで行くと、瑠奈は木を隠すように立ちふさがった。

「なんでここにいるの？　学校は？」

「みんなが協力してくれて、早退することができたの」

「早退って、体調がよくないの？」

心配そうに眉を下げたかと思った次の瞬間、瑠奈は無表情の仮面をつけてしまった。

「ていうか話しかけないでって言ったよね？　なんで学校の外でまで愛優と話をしなくちゃいけないわけ？」

怒りを表すように、髪が炎のように風に揺らめいた。けれど、わずかに揺れる瞳から怒りだけではない感情が漏れている。

瑠奈がもうひとりを演じるのはなぜ？

「瑠奈もメンマのことを知ってたんだね」

足元にある花束はワスレナグサ。紫色の小さな花が木の根元に供えられている。

——今、雨が空から落ちた。

髪で、腕で、そして頬で大粒の水滴が弾ける。

空はどんどん暗くなっている。

こんがらがった思考が、少しほどけたような気がした。

「ここにお墓があることは私と颯太しか知らない」

「上条さんは知ってる」

「ふたりだけの秘密だった。瑠奈は……そんなに前から、颯太のことを見ていたの？」

「……違う」

木がざわめいている。足元の花束も揺れている。

「瑠奈はずっと颯太のことが好きだった。颯太と仲がいい私になりたかった」

「違う」

「私たちが入れ替わるようにメンマにお願いを――」

「違うっ!!」

全身で叫ぶ瑠奈の瞳からこぼれ落ちたのは雨じゃなかった。

ハッと我に返った瑠奈が、「違う」とつぶやき、コートの袖で涙を拭う。

「話してよ。わかるようにちゃんと教えて」

「なんで教えなきゃいけないのよ。じゃあね」

歩きだそうとする瑠奈の腕をつかんだ。

「離してよ!」

「離さない。莉子と約束した。瑠奈の本当の気持ちを聞くって約束したの」

その名前を出したとたん、瑠奈の体から一瞬力が抜けたのがわかった。

「なんで莉子なのよ……」

「瑠奈のいちばんの友だちじゃない」

「違う。違う、違う」

木の幹に背中をつけると、瑠奈は制服が汚れるのもかまわず、ずるずるとしゃがみこんだ。

「莉子がそんなこと言うってことは……私たちが入れ替わったことを知ってる。そういうこと……？」

「ぜんぶ話したよ」

「ああ」

うなだれる瑠奈の隣に腰をおろす。

入れ替わっていることを認めてくれたことよりも、瑠奈の急激な変化に戸惑ってしまう。

「……莉子は、なんて？」

「信じてくれたよ」

「こんな夢みたいな話、信じるんだ」

「莉子、頭を下げたの。瑠奈を助けてくださいって、私なんかに頭を下げて必死に頼んだんだよ」

「ああ……」

両手で顔を覆い、瑠奈は泣いた。

「ずるいよ。莉子の名前を出すのはずるい。ずっと平気なフリしてたのに」

顔をくしゃくしゃにして泣く瑠奈は、メイクをしているときよりも美しかった。

雨が私たちの熱を冷ましていく。見下ろす街も、森も、工場も泣いているみたい。秒ごとにあたりが暗くなっていく。雨の粒さえ、もうすぐ夜に溶けて見えなくなりそう。

「愛優の言うとおりだよ。メンマのこと、知ってる」

「うん」

「私ね……子どものころから大切に育てられてきた。ううん、違う。親は私に執着してたの」

自分に言い聞かせるように瑠奈は言う。

なにか言葉を挟むよりも、瑠奈の話を聞きたいと思った。

「親は昔っから仲が悪くてね。その代わりに私を必要以上に監視した。習いごとばっかさせられて、きれいな服を着せられて……。でも、それがイヤだったわけじゃない。チヤホヤされてうれしかったし」

鼻をすすると、瑠奈は目線を雨に向けた。

「習いごとの合間にここに来てた。メンマに会いたくて。そんなとき愛優と颯太を見かけたの」

「うん」

「ふたりは双子みたいだった。服が汚れるのもかまわず、地面に寝転んでメンマと遊んでた。うらやましかったけど、話しかけることはできなかった」

きっとそのときに生まれた恋が、今も続いているんだ……。

かなわないな、と思った。そんなに長い間、颯太の魅力に気づいていたんだね。

「ある日、いつもみたいに神社に来たらメンマがいなかった。ふたりがここで泣きながら地面を掘ってた。ああ、メンマは死んじゃったんだって思った」

「車に撥ねられたんだよ」

「たぶんそうじゃないかな、って。あの子、好奇心旺盛でどんどん活動エリアを広げていたから」

「そうだね」

メンマは私たちを見つけると、駆け寄ってきた。ゴロゴロと喉を鳴らし、茶色い毛をこすりつけてきた。

「別にメンマに願ったわけじゃないよ。でも、『愛優になりたい』って願ったのは本当のこと。ある朝、目が覚めたときに入れ替わったってわかった」

「すごいね。私は二日間くらい意味がわからなかった」

素直にそう言うと、瑠奈は膝に頭をつけて私を見た。

「このままでいいよ。莉子ともちゃんと話すから、今のままでいようよ」

「ダメだよ。あの夢、瑠奈も見たんだよね？」

「さあ、覚えてない」

膝に顔を埋める瑠奈がウソをついていることくらいわかる。

「教室で夢のことを話してたよね？　その夢を私が見るようになったの。颯太も同じ夢を見てる」

「颯太も？」

顔をあげる瑠奈。けれどすぐに、花がしおれるようにうつむいてしまう。

「きっとメンマが教えてくれてるんだよ。颯太の夢は、最初は私が事故に遭う夢だった。でも、私たちが入れ替わったことで、瑠奈が死ぬ夢に変わってるの。だから、もとに戻そう」

「そんなのただの夢だよ」

そう言うと瑠奈は幹で体を支えるようにして立ちあがった。

同じように立つ私に、瑠奈は言った。

「私はこのままでいたい。もとの自分になんか戻らなくていいの」

「ダメ。それだけはダメ！」

瑠奈の腕をつかもうとするけれど、かわされてしまった。

雨はどんどん激しくなっている。

「瑠奈が事故に遭うなんて絶対にダメ」

「じゃあ、愛優は死んでしまってもいいの？」

首を横にふると、雨粒が散らばった。

「死にたくない。でも、私のせいで瑠奈が死んでしまうのはもっとイヤ！」

こらえていた涙があふれた。

どうしたら伝わるの？　どうしたら瑠奈を救えるの？

「ああ」瑠奈が顔を上に向けた。

「せっかくがんばってたのにな。もう限界かも……」

ため息をついた瑠奈が、首をかしげてほほ笑んだ。

「……え？」

「子どものころから着飾ることが普通だった。中学でも高校でもメイクをしたり髪をきれいにしたり、洋服だって望むものは買ってもらえた。でも、一度はじめるとそれが当たり前になって、それ以上を求められるようになった」

「瑠奈……」

「自分が自分じゃなくなる感覚がずっとあった。そんなとき、いつも思い出すのは愛優のことだった。木の陰から見る愛優は天真爛漫で自由でかわいかった」

瑠奈の言っていることがうまく理解できない。

「いつか再会できると思ってた。だから高校で再会できたときは、本当にうれしかったんだよ。ついに愛優に会えたんだ、って」

「そうだったんだ……」

「でもね」と、瑠奈は苦しそうな表情に変わった。

「やっと会えたのに、愛優は昔とは別人みたいになってた。塞《ふさ》ぎこんでいて、周りぜんぶが敵みたいに怯えていた」

「……うん」

「いっぱい話しかけたけど、笑顔の仮面を取ってはくれなかった。それでも、愛優はかわいかった。スッピンでも不器用でも、本質的には昔と同じだと思った」

「颯太は……？」

瑠奈は意外な名前でも聞いたように、視線を宙に向けた。

「颯太は昔のままだね。素直でたまに口が悪くて、だけど愛優にはいちばん心を許していた」

「だから私と入れ替わったの？　颯太のそばにいたいから、このままでいたいの？」

それでもなんとか止めないといけない。

私にはわかる。運命は私たちのどちらかを死へ導こうとしている。たとえあの交差点へ行かなかったとしても、夜には審判を下すだろう。

「なんにもわかってないんだね」

こんなにさみしそうな声を聞いたことがない。

瑠奈は笑いながら泣いていた。

びしょ濡れになりながら、まるですべてを受け入れたみたいに。

「初めて見た日から、ずっと愛優のことが好きだったんだよ」

遠くの空が一瞬光った。遅れて雷鳴がとどろく。

瑠奈が私のことを……？

「ラブに近いライクだった。愛優みたいになりたいと思ったけど、それ以上に愛優の毎日が輝いてほしかった」

「え、どういう……」

「夢を見たの」

瑠奈の髪からいくつも雫《しずく》が垂《た》れている。

「愛優が死んでしまう夢。何度も何度も同じ夢ばかり見た。きっと正夢になるってわかった。だから毎日神様に願ったの。愛優と入れ替わりたいって」

体の冷えが頭をボーッとさせ、なにも言葉が出てこない。

「愛優に生きていてほしい。それが私の願いだった。大好きな人が生きてさえいてくれればよかったの。だから――このままでいいんだよ」

「待ってよ。そんなの……そんなの」

「知ってる？　ワスレナグサの花言葉って『真実の愛』なんだよ」

「え？」

木の根元で泣いているワスレナグサに目をやると同時に、

「ごめん」

瑠奈は私を突き飛ばした。

悲鳴をあげる間もなく泥水のなかに倒れこみ、ずるずると斜面を数メートル滑り落ちた。

足を踏ん張り、滑落《かつらく》を止めてなんとか立ちあがる。

「瑠奈！」

草をつかみ、なんとか這いあがった。

そこにはもう瑠奈の姿はなく、ワスレナグサが雨に泣いていた。


雨が私を邪魔している。

坂道を転がるように走るけれど、瑠奈の姿はまだ見えない。

頭がぐしゃぐしゃに混乱しているのがわかる。

――瑠奈が私を好きだった。

そんなことありえないよ。だって瑠奈は誰よりも輝いていたし、私は誰よりも目立たないように生きてきた。

どっちにしてもこのまま瑠奈を死なせるわけにはいかない。

「なんで……なんでこうなるの」

メンマでも神様でも誰でもいいから、どうか私たちをもとに戻してください！

こんな運命、絶対に受け入れたくないよ……‼

街灯がないせいで、少し先の道も見えない。

坂道を下り、廃工場に続く道を走る。

「愛優！」

雨の合間に颯太の声が聞こえた気がした。

ふり返ると、スマホのライトを点灯させ、颯太が走ってくるのが見えた。

「颯太！」

叫びながらも足を止めない。だってもうすぐ瑠奈が、瑠奈が……！

颯太は追いつくと一緒に走ってくれた。なにも言わなくても、瑠奈があの交差点にいることを理解してくれたのだろう。

雷が世界を明るく光らせ、道路の真んなかに立つ瑠奈を映し出した。私たちに気づいた瑠奈が、空を仰ぎ見た。

遅れて雷鳴が鳴く、泣く、啼《な》く。

「瑠奈……！」

その手をつかみ、強引に歩道へ連れていく。

瑠奈はもう抵抗する気もないらしく、工場の塀に体を預けてうつむいている。

私はもう、この手を離さない。

「お前、マジかよ」体を折り、荒い呼吸をくり返しながら颯太は言った。

「ここに来たら、それこそ運命に負けたことになるだろ」

「そうだよ。とにかくここを離れなくちゃ」

手を引っ張るけれど、瑠奈は子どものようにイヤイヤをくり返すだけ。

「あの夢を何度見たと思ってるのよ。そのたびに夢のなかで逃げようとした。でも結局ムダだったんだよ」

「だからって自分から死ぬことはないだろ」

颯太は知らない。瑠奈が私を好きだと言ったことを。

まさか進んで身代わりになろうとしているなんて想像もしていなかったから、私もまだ混乱している。

だけど……私は瑠奈に生きていてほしい。どう言えば、瑠奈を納得させられるのだろう。

考えろ、と自分に指令を出す。もう受け身でいるのはたくさんだ。

私は、私の人生を自分で選び、その日まで生きていく。

「颯太。私たちから離れてて」

「は？」

「颯太まで一緒に死ぬことになっちゃう」

雷はどんどん近づいている。光ったと思うと、すぐに地面を揺るがすほどの音が響いている。

「瑠奈がここにいるなら、私も動かない。ふたりで運命を受け入れるよ」

「……え？」

「愛優はどうすんだよ」

瑠奈がやっと私に視線を合わせてくれた。

「それはダメ。そんなのダメ……」

「もともとは私の運命だったんだよ？　瑠奈ひとりに押しつけたりしない。死ぬなら一緒に死のう」

もうすぐトラックが私の命を奪いにくる。その瞬間、瑠奈の体を突き飛ばすつもりだった。

運命もまさかふたりぶんの命をもらおうとまでは思ってないだろう。

「それじゃあダメなの！　さっき言ったでしょう？　私は、私は……」

ひときわ激しく降る雨に、瑠奈の声はかき消された。

颯太と目が合う。颯太がわずかに首をかしげた。そして軽くうなずく。

「じゃあ俺も残るわ」

「え⁉」

瑠奈が悲鳴のような声をあげた。

「俺だけ生き残ってみろ、みんなから死ぬほど責められるのは目に見えてる。お前らだけずるいじゃん」

「なに言ってんの？　ねえ、ふたりともしっかりしてよ。時間がないんだよ」

「その言葉、そっくり瑠奈に返すわ」

恨めしそうに颯太をにらむ瑠奈。

「ねえ瑠奈」とその肩を抱く。

「私たちが同じ夢を見たのは、きっとメンマが助けてくれようとしてるから。きっと生き残る方法があるはず。最後まで運命に抗《あらが》おうよ」

「抗う……？」

「瑠奈と入れ替わったことでたくさんのことを知った。生き延びられたら、たぶん前よりはうまく生きられると思う。だから、生きたい。瑠奈と一緒に生きたいんだよ」

言葉を噛みしめるようにうつむいていた瑠奈が、静かにうなずいた。

「私だって生きたい。ふたりで生き延びたい」

「すみません。俺もいるんですけど」

颯太を無視し、あたりを見回す。

「夢のなかで瑠奈はどこへ逃げたの」

「いろいろ試したよ。でも、トラックが故障しているみたいで、歩道に逃げても突っこんでくるし、駐車場に逃げてもダメだった。走っても結局、追いつかれるし……」

たしかに避難できる場所は少ない。どちらかが死の運命にあるとすればなおさら、トラックは執拗に追ってくるだろう。

「なあ、あそこは？」

颯太が指さしたのは、駐車場の横にある山の急斜面だった。

「そこは試してない。だって登れないもん」

「行くぞ」

颯太の声を合図に、私は瑠奈の手を引いた。

近くに行くと山の斜面に沿って雨が川のように流れ落ちている。

もう時間がないのがわかる。

颯太が先に登り、私に手を差し出したので首を横にふった。不満げに颯太は瑠奈の手をつかんで、強引に登らせた。

抵抗することもなく瑠奈はおとなしく登っていく。背中を押しながら私も一歩ずつ登っていく。

少しでも気を抜くと滑り落ちてしまいそうなほど、足元が不安定だ。

「しっかり足に力を入れて！」

颯太の声が遠くに聞こえるほどの雨。雷が頭上で吠えている。

運命のときが近づいているせいか、全身に鳥肌が立っている。

「ここに平らな場所がある。がんばれ！」

雨がひどくて颯太の姿がうまく見えない。

引きあげられた瑠奈がふり向き、私に手を伸ばした。

「愛優！」

その手をつかむのと同時に、雷よりも大きなエンジン音が聞こえた。

まぶしいふたつの目を持つ怪獣が、すごい勢いで走ってくる。すでに故障しているのかクラクションが咆哮《ほうこう》をあげている。

あと少し上に登れば巻きこまれることはないはず。

――ドオン！

近くの木に雷が落ちて火花が散る。と同時に、私の手は宙をかいていた。

泳ぐように手を動かしても、のけぞる体を止められない。

今、トラックが私に近づいてくる。まぶしいライトが私をとらえ、クラクションの渦のなかに――。

「しっかりしろ」

気づくと、颯太が私の手を握っていた。

「颯太……」

下を見ると腰にも強く支える瑠奈の手がある。

強い力で引きあげられる。

――ガガガ！

さっきまでいた場所をえぐりながらトラックが走り去っていく。

平らな場所に倒れこんだ。

「愛優！」

ふたりが私を呼ぶ声が聞こえる。

「大丈夫。ありがとう」

そう言いながら、弱まっていく雨を見た。空にはすごい速さで雲が流れていて、雷の音はどんどん遠くなっている。

こんなに暗い空でさえ、美しいと思えた。

やっと住宅街に出ると、私たちはお互いの姿を見て笑った。

全身ずぶ濡れで、泥だらけ。ぺったんこの髪でメイクなんてとっくに流れてしまっている。

それでも、運命に抗えたことがうれしかった。

「奇跡ってあるんだな」

颯太が空に目を向ける。

雨があがり、雲の間から満月が少しだけ顔を出していた。

「運命に従うしかない、って思いこんでいた。あの場所に行くしかない、ってそれしか思えなかったんだよね」

呪いが解けたように、瑠奈は明るい顔をしている。

「運命を回避できたなんて俺たち、すげえよな」

「私はなんにも。颯太と愛優のおかげだよ。迷惑かけてごめんね」

びしょ濡れでも瑠奈はやっぱりかわいい。

「俺は平気。こいつが瑠奈を助けるために必死だったから手伝っただけだし」

アゴで私をさす颯太に、ムッとしてしまう。

「こいつって言わないでよ」

「なんだよ」

「なによ」

にらみ合ってから、どちらともなく笑いだす。

そんな私たちを見ていた瑠奈が、「ねえ」と颯太に一歩近づいた。

「私と愛優が入れ替わったのは私のせいなんだ。愛優が事故に遭う未来が見えてしまったの。そのときに神様にお願いしたの」

「お願い？」

そうだよ、と瑠奈はうなずいた。

「私を身代わりにしてください、って。夢を見るたびに願った。まさか立場ごと入れ替わるとは思わなかったから驚いちゃったけど」

「そんなことだろうと思ったよ」

交差点の前で足を止める颯太に、瑠奈は「でね」と迷うことなく言った。

「そうしたかったのは私が愛優にあこがれていたから。ううん、好きだったから。自分の命に代えてでも守りたかったの」

私にやさしくほほ笑む瑠奈が、颯太に視線を戻した。

「颯太にはそういう覚悟、あるの？」

「あるさ」間髪を入れず、あっさり颯太は言った。

「夢を見た日から、ずっとこいつを守ることだけを考えてきたから。途中で死ぬのが瑠奈に変わったけど、すぐに入れ替わったって気づいたし」

「こいつ、って言ったらまた怒られちゃうよ」

クスクス笑ったあと、瑠奈は「そっか」と言った。

「ライバルに助けられたのは悔しいけど、一応言っとく。ありがとう」

「ついで、ってことで」

「愛優もありがとう。明日になればきっともとの私たちに戻ってるはず」

「うん」

「さんざん迷惑かけといて言うのもおかしいけど、できたら私も親友候補に入れてほしいな」

「もちろんだよ。もう、親友だよ」

莉子や佳澄、凛、そして由衣。かけがえのない友だちと大切な家族のこと。

入れ替わったおかげで、新しい世界をたくさん知ることができた。

この一カ月を私は生涯忘れないだろう。

「じゃあ、またね」

瑠奈は手をあげて交差点の海に足を踏み入れた。

「またね」

「またな」

手をふっていると、颯太がチラッとこっちを見るのがわかった。

「さっき言ったことマジで思ってるから。落ち着いたら、ちゃんと話すから少し待ってて」

「その前に私が言っちゃうかも」

「じゃあ明日言うわ」

自分の想いを伝えられる日がくるなんて思ってもいなかった。

気持ちを言葉にすることができたのも、この奇跡のおかげなんだね……。

見送りながら、「あ」と思い出す。

「日曜日に三人でメンマのお墓参りに行かない？」

「いいね。俺もそう思ってた」

「言ってくるね。瑠奈！」

声をかけて私も交差点を走った。

横断歩道の青信号が点滅しだした。

「瑠奈、あのね――」

言いかけた瞬間、あの咆哮が耳に届いた。

夜を引き裂くようなエンジン音。見ると、軽自動車がすごいスピードで私たちに向かってくる。

まぶしいライトに目がくらむのと同時に。

「愛優！」

颯太の叫ぶ声が聞こえた。

激しいブレーキ音とクラクションに目をつむる。なにかに突き飛ばされ、激しく地面を転がる。

爆発するようなすごい音が聞こえた。

——気がつくと、アスファルトに顔を打ちつけていた。

やんだはずの雨がまた降りだしている。雷も戻ってきたらしく、その大きな音に脳が揺さぶられる。

「え……」

顔をあげると、瑠奈は横断歩道の上で足を投げ出していた。その目がなにかを見て固まっている。

よかった。瑠奈が無事で本当によかった……。

「大丈夫ですか!?」

見知らぬ人が私に声をかけてきた。

体を起こしたとき、焦げ臭いにおいに気づいた。

ガードレールに激突している車。その横に誰かがあお向きに倒れている。

雨を受け、真っ青な顔で微動だにしない人は――。

「颯太！」

叫ぶ自分の声が遠くで聞こえる。

駆け出そうとしても体が動いてくれない。

まるで夜に支配されたように、暗闇が視界を覆っていく。

＊＊＊

颯太が笑っている。

真っ白い世界で、颯太はなぜか真っ白い服を着ている。

「王子様は永遠の眠りにつきました」

いつもみたいに飄々《ひょうひょう》と笑みを浮かべている。

「それはバッドエンドすぎ」

「そうかな」と颯太が私の頭に手を置いた。

「俺にとってはハッピーエンドなんだけど」

「でも、それじゃお姫様は幸せになれないよ。あ、私がお姫様ってわけじゃないけど……」

あとづけで言い訳をした。
「俺にとってはお姫様だったよ」
なんで過去形なの？　ここはどこなの？
そう尋ねたいけど、なぜか口が動いてくれない。
「じゃあ、またな」
颯太はそう言って歩いていく。
待ってよ。颯太、行かないで。
体が動かない。彼はほほ笑みだけを残して白い世界に消えていく。
行かないで、私を置いていかないで！　颯太‼
まぶしい光が私を攻撃する。
颯太がいない世界なんて生きてたくないよ。
こんなおとぎ話なら、読みたくない。
メンマ、ううん、世界中の神様。
どうか、どうか颯太を返してください。
私のもとから連れていかないで……！

＊＊＊

「下がってください！　すぐに搬送します！」

怒鳴るような大声に、夢は中断された。

まぶしい光に目がくらみ、覆いかぶさっている人を跳ねのけていた。

「あ、気づきました！　麦野さん、僕が見えますか？　麦野愛優さん⁉」

ライトを私に向けている人は誰？

返事をするよりも先に颯太の姿を探す。

「愛優！」

泣きながら私の手を握っているのは――瑠奈だった。

「瑠奈……。颯太は、颯太は……」

「車に撥ねられたの。私たちをかばって……撥ねられてしまったの」

クルマニハネラレタノ。

ワタシタチヲカバッテ。

ハネラレテシマッタノ。

言葉の意味が理解できない。

パトカーと救急車の赤いライトが夜道を照らしている。

「あなたも救急車に乗ってください」

瑠奈が隊員に言われているのを見て思い出す。

さっき……颯太は雨のなかに倒れていた。あの夢で見たのと同じように、仰向けで雨に打たれながら。

「颯太も……病院に？」

「第二病院って聞いた。どうしよう、ねえ、どうすればいい？」

すがりつく瑠奈を救急隊員が引きはがし、そばで停車している救急車へ強制的に連れていく。

私の血圧を測定していた隊員がなにか言ったけれど、頭に入ってこない。

運命はまだあきらめていなかったんだ。私か、瑠奈が、あの事故で死ぬはずだった。

そのことに気づいた颯太が身代わりに——。

立ちあがるのと同時に、世界がグラリと揺れた。少しフラフラするけれど、どこにもケガはなさそう。

「麦野さんも救急車にお乗りください。おふたりは大学病院へ向かうことになりました」

救急隊員の言葉を無視して歩きだすが、すぐに腕をつかまれてしまう。

「大丈夫です。離して……離してください」

颯太に会いたい。会って無事をたしかめたい。

「事故に遭われたんです。検査をしていただかないと困ります！」

「離して！」

どうして、どうしてこんなことに……。

見慣れた車がもみ合う私たちのそばで急停車した。

「愛優！」

運転席からお父さんが叫びながら出てきた。助手席からお母さんも転がるように飛び出してくる。

「お父さん、お母さん！」

ふたりは私に抱き着くと、何度も何度も私の頬に触れた。

救急隊員がなにか言い、なにかを答えるその向こう。ひしゃげた車の横に、颯太の姿はない。

「……負けない」

ふたりから体を離してつぶやく。

もう運命に負けたくない。どんな運命にだって立ち向かってみせる。

決心を揺さぶるように雷鳴がとどろき、無機質な世界を真っ白に染めた。

「第二病院に連れていって。お願いだから、第二病院へ！」

雨音よりも大きな声で叫んだ。

——颯太の運命を、私が絶対に変えてみせるから！


病院の薄暗い廊下をお母さんとふたりで歩く。

「大丈夫？」

「うん」

夢のなかにいるみたいに、足に感触がない。

「無事をたしかめたら、すぐに大学病院に行くからね」

「うん」

「きっと大丈夫。大丈夫だから」

冷えた手を握ってくれるお母さんに、私はなんて答えた？

わからないよ。頭がジンとしびれていて、なにも考えられない。

ＩＣＵと書かれた集中治療室のドアは固く閉ざされていた。

お母さんがインターホンで事情を説明するが、家族以外は会えないとのこと。

「ご家族に会えたらお話しできるけど、お母さん、颯太くんのご両親と会ったことがないのよね。もし出てきたら教えてくれる？」

まだ入れ替わったままなんだ……。

そんなことどうでもいい。一生このままでもいいから、どうか颯太が無事でいてほしい。

ねえ、颯太。ひょっとして運命が変わらないことを知ってたの？

私と瑠奈の身代わりになってくれたの？

「颯太。颯太。颯太……」

何度その名前をつぶやいても、彼には会えない。

お母さんが肩を抱いてくれた。

そのときだった。自動ドアが開き、颯太のおばさんがふらりと出てきた。

手に颯太の通学バッグを持っている。

おばさんと目が合う前に自動ドアのなかへ滑りこんだ。いぶかしそうにふり返るおばさんは、閉まるドアで見えなくなった。

細い廊下の両側に、何枚ものカーテンが配置されている。たくさんの人の声が聞こえる。機械の音も、救急車のサイレンも。

急ぎ足で奥へ進んだ。不思議だ。颯太のいる部屋がわかった。

開いているカーテンの向こうでは、看護師さんがせわしなく歩き回っていて、お医者さんの姿も見える。

奥からふたつ目のカーテンを開けると、

「颯太……」

酸素マスクをつけた颯太が寝ていた。

脇にある機器に呼吸や血圧の数値が表示されている。

掛け布団から出ている颯太の手を握ると、氷のように冷たかった。

涙があとからあとからこぼれてくる。

「颯太、ねえ起きて。颯太」

まるで眠っているみたいに穏やかな顔をしている。

「間違えてるよ。眠り姫になるのは私だったんだよ。それに、まだ王子様になってないでしょ？」

その手に顔をうずめた。泣いても泣いても涙が止まらない。

「私のせいなの。私が瑠奈と入れ替わってしまったせい。ごめんね、ごめんね……」

こんな結末、絶対に受け入れたくない。

やっとこれからふたりの物語がはじまると思ったのに、どうしてこんなことに……。

「メンマ、お願いだから颯太を助けて。お願いだから、颯太を……返して、ください」

嗚咽を漏らしながら必死で祈った。

お寺でメンマを見つけた日。クラスメイトに陰口をたたかれた日。中学の入学式で一緒に撮った写真。高校で同じクラスになった日。本当の気持ちに気づいた日。

いつだって颯太はそばにいてくれたのに、私は自分の気持ちをごまかしてばかりいた。

「好き。颯太のことが大好き。やっと気づいたんだよ」

そのときだった。私の髪になにか触れたのがわかった。

ハッと顔をあげると、颯太の右手が私の頭にのっていた。

「え……」

「人を死んだみたいに言うなよ」

「颯太！　颯太っ‼」

抱きつくと同時に、手首に着けられたコードが外れてしまい、警告のアラームが鳴り響いた。

「樋口さんの部屋です！」

看護師さんが叫んだかと思うと、私を見て悲鳴をあげた。

「なにやってるんですか⁉　ご家族以外立ち入り禁止ですよ！」

慌てて立ちあがると、

「あーあ」

颯太は呆れて不満そうに言った。

「目覚めのキスまであと少しだったのにな」

唇をとがらせたあと、颯太はやさしい目でほほ笑んでくれた。
両手を広げる颯太。
その胸に飛びこむことに、ためらいなんてひとつもなかった。

エピローグ

桜の花びらがひらひらひらと踊りながら舞い落ちる。

手のひらに載せようとしても、すんでのところで風にかわされてしまう。

「てかさ、学校でお花見ってありえないんだけど」

佳澄は文句を言いながら、お重から玉子焼きを手づかみで口に放りこんだ。

「マジでうま！　由衣って料理できるんだ？」

「最近、お母さんに教えてもらってて……」

「すげえ。うちのママなんて冷凍食品ばっかだよ」

由衣は顔を真っ赤にしてうつむいている。

校舎の奥にある桜の木の下にビニールシートを広げ、お花見をする午後。

やわらかい風は、季節がひとつ進んだことを教えてくれる。

「それにしても、よく先生、許可してくれたよね」

おにぎりをほおばる莉子に、

「そこは生徒会の力というやつです」

凜が正座のままでお茶を飲んだ。

「それもあるかもだけど、私と愛優の愛のパワーってのもあるんだよ」

瑠奈が私の腕に自分の腕を絡めた。

「なれなれしく愛優に触らないでよ」

反対側の腕を由衣がつかんだ。

「じゃあ三人の愛ってことでどう？」

「それなら問題なし。でも、私のほうが愛優と仲良しなこと忘れないでね」

「私だって負けないから」

そこに「待てい」と莉子が叫ぶ。

「あたしだって仲間に入れてよね！」

言い合うみんなを見て思わず笑ってしまう。

こんなふうに笑い合える日が訪れるなんて思ってもいなかった。

「そろそろじゃない？」

瑠奈が腕時計を見てそう言った。

「うん」

「今回は悔しいけどひとりで行かせてあげる。ほら、行ってらっしゃい」

みんなに見送られ、校門へ向かって歩く。

今日は、リハビリ病院にいる颯太の退院の日。

帰りにここに立ち寄ることになっている。

広い空に雲がひとつ流れている。

青空は街を青くは染めない。それでも気持ち次第で、どんな景色よりも世界は美しく瞳に映る。

「メンマありがとう」

あの翌日、私たちの入れ替わりは唐突に終わった。

私は大学病院で検査入院をしていた。お見舞いに来てくれた莉子は、すぐに状況を把握したのか普通にしていたけれど、佳澄や駿はしゃべっている途中でもとに戻ったせいで目を丸くしていたっけ。

ひとつに結んでいた髪をほどきながら、高鳴る胸を押さえた。

校門の向こう側、車から降りた颯太が私に気づき駆けてくる。

私たちの物語は続いていく。

登場するすべての人を愛しながら、ページをめくっていこう。

私の前に来ると颯太は愛の言葉を口にした。

大きくうなずけば、祝福するように花びらが私たちに降り注いだ。


【完】

この物語はフィクションです。実在の人物、団体等とは一切関係がありません。

毎日はにかむ僕たちは。

日本テレビ放送網株式会社
プロデューサー：平岡辰太朗、井上直也

乃紫

マネジメント：株式会社MR8　大崎裕貴、小池宗一郎
レーベル：MIJ Quality Records 合同会社　久田耕平、笠 翔馬

装画：飴村
装丁・中面デザイン：大岡喜直（next door design）
DTP：株式会社 センターメディア
校正：小西義之

ヒロインになるまでは

発行日…………2025年1月31日　初版第1刷発行

著　者…………いぬじゅん
発行者…………秋尾弘史
発行所…………株式会社 扶桑社
〒105-8070
東京都港区海岸1-2-20
汐留ビルディング
電話　03-5843-8842（編集）
　　　03-5843-8143（メールセンター）
www.fusosha.co.jp

印刷・製本……中央精版印刷株式会社

Printed in Japan　ISBN 978-4-594-09847-6

JASRAC 出 2409515-401